旅程结束时

张其鑫 著

北京联合出版公司
Beijing United Publishing Co.,Ltd.

图书在版编目(CIP)数据

旅程结束时 / 张其鑫著. — 北京：北京联合出版公司，2018.5
ISBN 978-7-5596-1335-6

Ⅰ.①旅… Ⅱ.①张… Ⅲ.①长篇小说－中国－当代 Ⅳ.①I247.5

中国版本图书馆CIP数据核字（2017）第331006号

旅程结束时

作　者：张其鑫
责任编辑：喻　静
特约编辑：丛龙艳

北京联合出版公司出版
(北京市西城区德外大街83号楼9层　100088)
北京联合天畅发行公司发行
天津光之彩印刷有限公司印刷　新华书店经销
字数 156千字　880mm×1230mm　1/32　印张 8
2018年5月第1版　2018年5月第1次印刷
ISBN 978-7-5596-1335-6
定价：39.00元

未经许可，不得以任何方式复制或抄袭本书部分或全部内容
版权所有，侵权必究
如发现图书质量问题，可联系调换。
质量投诉电话：010-57933435/64243832

不是说神圣就一定是真相:唯一绝对的真相是,如何看待事物是你自己的选择。

我觉得,这才是真正教育意义上的自由。你来决定什么有意义、什么无意义。你来选择你所尊崇的价值。

——大卫·福斯特·华莱士

生命中最简单又最困难的事

——里则林

阿新这个人,沉默寡言,害羞内敛。

认识他时,他红着脸对我说:"我做饭很好吃。"深深打动了我。

后来我们成了好朋友,发现他果然是个不撒谎的人,至少做饭真的很好吃。

他待人厚道,鲜少计较,乐于付出,不太求回报。

有一颗少年的赤子之心,是那种小地方出来的人独有的纯真。

每次做饭,做完之后,他喜欢在一旁默默看着大家吃,面带微笑,我们叫他一起吃,他总摆摆手,像个慈祥的父亲。

有时我们也聊文学,但我不知道他为什么喜欢聊文学,并且聊得头头是道,博古通今。

所以一直以为他只是一个极爱看书的文学爱好者。

直到某天,他紧张地打开文档,给我看了一篇他写的短篇故事。

看完,我心里默默惊讶,这个低调的同龄人,竟然有如同他长相一般的老成文笔。

第一次知道他原来也写东西，而且写得那么好。

渐渐地，又知道他还得过新概念作文大赛一等奖。

现在的孩子，大概不太清楚新概念作文大赛是什么了。

可是，在我们成长的那些年，对于爱好文学的孩子来说，那就是一个巨大的光环与梦想，比如我，投稿无数次，永远石沉大海。

而阿新在十七岁的时候就做到了。

然而，他今天竟然默默无闻，而我已经出书三本。

所以，我一直觉得，不是每一个有才华的人都能得到与他才华相匹配的一切。很多人，比如我，有时候可能只是运气比较好。

但我也没想过要去安慰阿新，因为见识过很多年轻人，抖机灵耍小聪明，撒谎成性，满嘴大话，中伤他人抬高自己。

唯独很少见到他这样善良纯净、踏踏实实地耕耘着属于自己一方乐土的人，或许生命中最简单又最困难的事情就是如此。

他总是不紧不慢，在自己的道路上悠哉行走。

然后不紧不慢地写出了他这本新书，在写之前，他给我讲过这个故事。

因为作家郭忠仁的死亡，留下了几个不同地点的采访地图，编辑刘德伟和小作家方文杰继续上路，完成了郭忠仁的遗愿。

本来是很简单的一个设定，但他讲完里面的埋伏、反转，那几个人就开始涌现在我的脑海里面，我听得津津有味，心里惊叹他真厉害，赶紧催促他写完。

我原以为这次会等待很久，一年、两年或者更久，但三个多月后他就已经把全稿发给了我，并叫我给他写一篇序言。

我花了不到一天的时间一口气阅读了整本书，并且很愉快地答应了他。

这是一部公路小说，是由几个不同的故事串联成的一部长篇小说，虽然他跟我说这样可以让读者在阅读时有喘气的时间，在这个短篇集盛行的年代，也只有这样才能让他们拥有更好的阅读体验。但我看完觉得他的担心是多余的，我无法说清这本书多么有趣，简直有趣得让人觉得惊奇，看他这本书时，我甚至希望自己也坐在小说里车的后座上，迫不及待地加入其中，参与方文杰和刘德伟的对话、争吵、冷幽默和一些时候的沉默。

小说的末尾回到了阿新所想表达的原主题——关于选择，两位主人公最后因为各自不同的理念，做出了相反的选择，我看完的一瞬间竟不知道应该同意他们之中的哪一个，两个人的选择虽然相反，但都有理有据，都能引人深思。

也是看完小说，我才知道，大概这些年，在毫无棱角的个性下，阿新总是给人太多包容，也总是在不同的选择中常常为难自己。

他一定也有从不言说的缺憾与失落，也有过想奋起弥补的时刻。

最终他把这些都放在了文字里，所以感人肺腑，暖人心脾。

唯有心里曾千回百转、跋过山涉过水的人，才会写出这样的文字。

我相信，在不久的将来，他会被更多人知道，因为他是一个匠人，一定会有更好的时代迎接他。

哪怕慢慢跑，也终会到达

——荞麦

阿新一定要我为他的新书写序，其实，他认识其他更红、更有名的作家，我让他去找他们，他不肯，可能是觉得我更和蔼可亲吧？

我本来也不想写，因为我很懒。但是前几年春节我们在微信群里抢红包，抢得最多的人要继续发，阿新每次都奋不顾身地先去抢，看到结果后偷偷告诉我剩下的能不能抢。在他的帮助下，我那个春节赚了三千元。因为这份情义，我真是不得不写了。（好的，当时一起抢红包的朋友，对不起！）

阿新非常非常暖，是个暖男。我出书，他总是要买几十本，朋友有什么事情，他也总是很积极地帮忙。这几年他从广州到北京又到哪里搞不清楚，也搞不清楚他在做什么。

有一次我们在北京见了一面，同时还见了其他人，一起吃饭。那个时候我很爱讲文学，讲了很多。阿新就点头听着，好像觉得我说得很有道理，其实现在想来，不过都是发泄。

他还说自己也在写小说。

我心想，写个什么啊，写写写，不要写了。谁都说自己在写，最后写了什么？

那个时候我很愤怒，很焦虑。

几年过去了，我写得越来越少，经常写广告软文。结果有一天阿新来了，跟我说："我要出版一本小说啦。"

就好像隔壁谁家的侄子忽然跟你说："我要出国留学啦。"之前印象中的他整天就跟在大人屁股后面玩，永远长不大，实际上他很快就长大了，而且慢慢地走在自己的路上，将越走越远。

想到这里，有一种心酸和欣慰交织在一起。同时很想轻轻问一声："过年还抢红包吗？"

共你干杯再举箸，突然间相看莞尔

——曲玮玮

阿新终于出书了。

他把消息告诉我的那一刻，我恍惚回到了几年前。当时我们一起在雷州支教。在山村，夜晚总是降临得很郑重其事，我们在操场聊天，从菲利普·罗斯聊到萨冈，不远处一条黄狗还在吠叫。他突然说，将来出书了一定要我来写序。

于是，我来了。

我在想人们之间的友情究竟是靠什么联结在一起的。比如，我跟阿新，不管性格还是形状，都是截然不同的。我尤其不能忍受，他竟然比我还要瘦。

后来《请回答1988》里那首歌唱道："时间让人成为朋友"。

无论你马不停蹄向前奔走多远，时间还会在你们之间架起一座桥，你们在对岸默契地相视一笑。他的那些快意磊落、良久的沉默，还有深藏的自我，那些你不知道的一切，又会顺着桥梁走向你。他经历过的一切，你都懂。

因为他是老朋友。

我很喜欢他，因为他是立体的人。

曾经我们一起去看电影，大概按错了一层电梯，电梯门打开后，外面漆黑一片，阴惨无比。而阿新作为一位男士，竟然噌地一下躲在我身后，弯下身子哆嗦着把手搭在我的肩膀，大叫一声："妈啊，我怕黑。"这成了他挣脱不掉的黑历史。

他是编辑。上次我和他带来的作者吃饭，对方说起他也是哭笑不得。"阿新啊，上次来找我，竟然还坐错了地铁坐到相反的方向了。"然后对方补充道，"但他是个很可爱的人。"

是啊。

这个做饭手艺奇好，好到可以开餐馆，不厌其烦地用一个上午买菜做菜来招待大家的人。这个一言不合就离开北京去山里做一整年支教志愿者的人。这个后来又不安分去做生意，认认真真地卖电饭锅的人。这个一和我聊文学就停不下来的人。

是个很可爱的人。

我很喜欢莫言的一段话。他说，长篇小说不能为了迎合煽情的时代而牺牲自己应有的尊严。它其实排斥投机取巧，它笨拙，大度，泥沙俱下，没有肉麻和精明，不需献媚和撒娇。

而阿新是想努力写成这样一部真正的小说。

他有绝对比我高的天赋与才华，也有与之相称的虔诚。

从我们一起获得新概念奖项到现在已经过去六年了。看着他这些年一边谦逊地沉潜一边笔耕不辍，我也会反观自己，是否在琐事上虚掷太多光阴，在俗世之间空虚走马。毕竟天赋不是固定属性，并不能保证一生和你如影随形。天赋是动态的，一旦陷入松懈或诡异的自负，上天就会毫不留情地将你一点点仅存的可怜天赋收走。

我们穷其一生，都在诚心正意地供奉它。

我知道，阿新一直很喜欢村上春树写的一个故事。

很久以前，年轻的三兄弟出海打鱼，遇上风暴，在海上漂流了很长时间。突然，一位神人出现在三人的梦里，说："在前方不远的海岸上，你们会发现三块圆形巨石，随便你们把巨石推去哪里。巨石停住的地方就是你们生存的场所，地方越高，看到的世界越远。至于到底去哪里，是你们的自由。"

于是三兄弟在海岸上发现三块大石头，并按神人的吩咐滚动石头。石头非常大，非常重，滚动都很吃力，往坡路上推就更辛苦了。最小的弟弟最先开口道："两位哥哥，我就在这儿了。这儿离海边近，又能捕到鱼，完全过得下去，不跑那么远看世界也没关系。"

年长的两人继续前进。但到达山腰时，老二开口了："哥，我就在这儿了。这儿到处有水果，生活完全没问题，不跑那么远看世界也不碍事。"

老大继续在坡路上推。路很快变得又窄又陡，但他不灰心。他拼出浑身力气继续往上推石头。一连几个月几乎不吃不喝，他终于把那块石头推上了高山顶端。他在那里停下，眺望世界。此刻，他可以比任何人更高远地纵览世界。那里即是他居住的场所，寸草不生，飞鸟不过。说起水分，只能舔食冰霜；说起食物，只能嚼食苔藓。但他不后悔，因为可以将世界尽收眼底……

我们都希望走那条又窄又陡的路，看尽世界最极致的繁华和最伤感的寥落。但我并不想用"野心"这个太凛冽嚣张的词形容他，它仿佛是张着血盆大口的猛兽，运筹帷幄地盯着猎物。他是更质朴的人。他一个个字写下去，删减多次才写成这一本书。我想，他也想尽可能离小说的本质近一点，再近一点，写出他心中的庄严。

其实，大学毕业之后，我们身后也有了更多俗务。有段时间我马不停蹄地见客户，而给阿新打电话，他也说今年的业绩压力很大。

我也不知道时代会把我们拉往何处。而我们都想偶尔倒行逆施一下，用文字给自己创造一个隐蔽所。趁表达欲还在，多给自己写点什么，无关生计，无关摇摇欲坠的欲望，无关切肤的爱与痛，甚至无关深刻与简单。

我们终其一生，想抵达的，其实是同一个地方。

共你干杯再举箸，突然间相看莞尔。

CONTENTS 目 录

第一部分　没有飞碟经过的旅程　　/ 1

第二部分　搏击者李国祯　　/ 35

第三部分　寻找以及其他故事　　/ 63

第四部分　孤独的人总会相逢　　/ 99

第五部分　绿蚂蚁做梦的夏天　　/ 157

第六部分　深夜汽车维修指南　　/ 189

第七部分　当旅程结束时　　/ 225

番外　深夜在电影院练习咏春　　/ 235

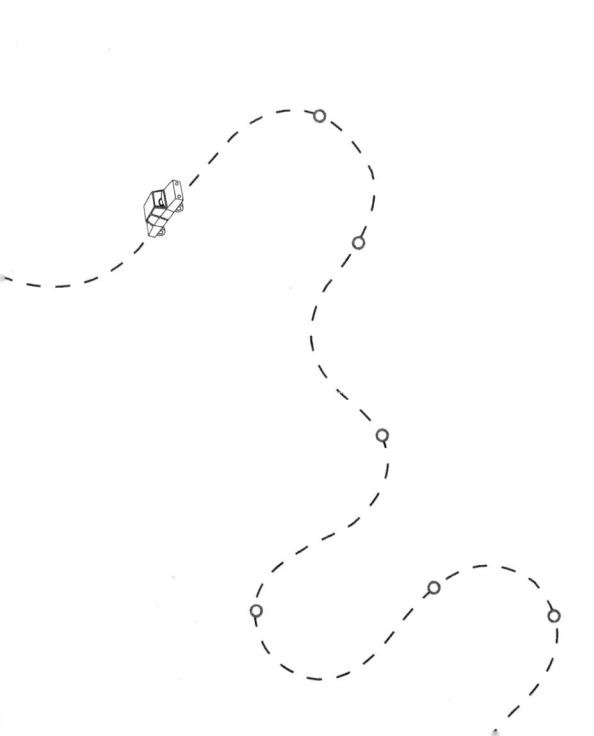

第一部分 没有飞碟经过的旅程

刘德伟
1—1

刘德伟从家里出门下楼的时候，总觉得忘记了什么，于是又返了回去，但发现什么都没有忘。

很多时候都是如此，记忆总会出现偏差。

他床头桌上摆着烟灰缸，烟灰缸上搁了几支已经抽过的香烟，一支还燃着，旁边放着一杯可乐。可乐走了气。空气正想从那杯走了气的可乐里逃脱出来，气泡粘在水杯壁上，力量太弱了，爬不出来。

刘德伟用可乐浇灭了正在燃烧的香烟，看了一眼手机上的时间，快要迟到了，于是他带上门，再次下了楼。

早晨的北京，仿佛戴着用薄雾做好的眼罩，人们模糊的视线穿过都市的各个角落。阳光穿过薄雾，使去往公司路上的积水反射出五颜六色的光圈。

刘德伟家离公司并不远，走路也就十分钟。走出小区，然后要穿过一条马路，穿行的时候大多要等红灯，对此他早已经习惯。

公司楼下有家便利店，里面卖包子、豆浆之类的早餐，但他很少吃，便利店对他来说只是夜晚加班时购买香烟的地方。每次购买时，他都会对着摆香烟的货架盯着看许久，不过最终都会选择同样的红色软包万宝路。

公司在大厦的八层，是一家新开的出版公司，刚大学毕业，他就在那里上班。刚进公司的时候，他见缝插针地跟各个同事畅谈，聊自己的理想、阅读过的书籍、爱看的电影。但后来由于公司效益不是很好，整个团队都陷入了低迷紧张的气氛，他也不再多说话。

他来了一年，一共策划了三本书，但卖得都不是很好，刚开始的激情已经被消耗得所剩无几，他曾跟老板强力推荐的小说只卖了五百余本，他每次失眠的时候都想起这事儿，想不出来是哪个环节出了错，在他看来，那是一本很好的小说，迫切希望出版那本书胜过呼吸。

为此事他跟公司老板争取过几次，最终这本书虽得以出版，但卖出的五百余本书中还包括作者自购的一百本。

老板并没有责备他的意思，作者对他也只有感激，但他依旧耿耿于怀。

有些人总是把所有的过错强加给自己，哪怕最终的结果并不是自己所致。

这天刘德伟照常打卡上班，他按下了电脑开关，拿着杯子去接了一杯水，坐下来等待电脑开机。

电脑开机以后，他第一时间打开邮箱，迫切想要看到当天的销量，刚打开，有人在背后拍了一下他的肩膀，他想起了高中时偷看小说时被班主任盯着的恐惧，吓了一跳，回头一看，原来是老板。

"来一下我办公室。"老板说。

老板办公室的窗开着，阳光照射进来，有些刺眼，刘德伟下意识地眯了下眼睛。老板递给他一根烟，但他没有点燃。

两人的谈话并没有过于深入，只是简单地聊几句，是关于郭忠仁的书，老板希望他把更多精力放在其他书上面。

郭忠仁那本《无声》创下了公司的最差销量纪录，但是刘德伟还签了他另外两本尚未创作的书。本来三本书要组成三部曲，但是由于第一本卖得实在过于差劲，刘德伟也选择了放弃。他跟作者沟通，可以规划出一条采访路线，以自己的一些朋友为蓝本，写出一本较为有趣的故事集，现在市场上类似的作品销量比较好。刘德伟也把这个想法跟老板说了，但是老板显得不是很情愿，但又不好打击他的热情，只是再次强调应该以销量为主。

聊天草草就结束了，最终老板递给他的那根烟也没有被点燃。

回到座位上，刘德伟收拾了一下桌子，在电脑上登录了微信，找到了郭忠仁的对话框，他们的聊天记录还是两周前的。郭忠仁向他汇报了一下采访的情况,这次采访的是南京的方文杰,据说他是个很有才华的年轻人,日后必成大器。但是刘德伟从来没有听说过这个名字,当时还特意搜索了一下,也并没有得到什么结果。

郭忠仁还跟他汇报了他们两个人当时所聊的话题,关于文学、电视机,还有人工智能的一些发展。他问刘德伟此类采访读者是否感兴趣,后来给他推送了方文杰的微信号,希望刘德伟以后也能出版他的小说。

但刘德伟当时在忙,没有认真回复,只是回了一个表情包草草了事,想到郭忠仁的小说销量并不是很好,所以刘德伟对他推送的作者也不太愿意添加。

已经整整两周,他们没有对话,刘德伟心想郭忠仁是否因为自己的忽视才没有联系自己,想到以后还要继续合作,他就主动问郭忠仁最近采访进行得怎么样。

但时间已经过了两个多小时,郭忠仁一直没有回复他。刘德伟不停地看当当榜单,但是在排行榜上怎么刷也没能刷出自己所做的那几本书,这让他有些失落。

这时候,他的手机响了,他选择了接听,说:"喂,你好。"

电话那边传来的先是一阵哭声,声音已经沙哑,听得出来应该已经哭了许久。是郭仁忠的母亲打来的,带来的是郭忠仁在采访路上因车祸身亡的消息。他母亲还说,第二天举行葬礼。

刘德伟听到这个消息,愣了许久,脑子里一片空白,想要快速寻找一些安慰的话安慰郭忠仁的母亲,但对方带着哭腔喂了好几下,刘德伟才回道:"伯母节哀顺变,我明天一定到。"然后说了声"再见"就挂掉了电话。

挂完电话,刘德伟握着手机,手有些发抖,不自觉叹了口气,起身到了老板的办公室门口,敲了敲玻璃门,然后推开门,走了进去。

老板穿着白衬衣,领带有些松开,身子往后靠坐在椅子上,双手交叉,托着头盯着天花板,不知道在想些什么。桌子上摆满了公司最近出版的书,但是都没有拆封。

刘德伟拖出桌子底下的椅子,坐下,拖出来时不小心碰到了桌子上的书,书掉落了几本。他先是蹲下去把地上的书都捡了起来,然后顺便把桌子上零乱的书整理了一下。

刘德伟说:"我想请两天假。"

"嗯?"老板有些疑惑地问。

刘德伟说:"我要去参加一个葬礼,郭忠仁在采访路上因车祸去世了,他妈妈给我打电话,说明天举行葬礼,我想着应该去参加一下。"

"可惜了。他多大了啊?"说完,老板挺直了腰,坐好。

刘德伟说:"简介里写的是二十九岁,不知道是不是真实的,现在很多作者都会在年龄上造假。他的死跟我也有关系,要是下一本书不是采访,而是和之前的题材一样完成那三部曲,或许就不会出现这事故了。"

老板说:"这不关你的事,你没必要自责。"说完又补了一句,"哦,对了,记得代我向他爸妈问好,回来时费用跟财务那边报销就行。"

刘德伟点了点头。

在刘德伟推门出去的那一刻,老板从一大摞书里抽出了郭忠仁的那本《无声》,拆开了包装,翻开的时候又喃喃地说了一句:"可惜了。"

方文杰
2—1

方文杰接到讣告的时候，正在对着电脑写新构思的小说开头。这是他的长篇处女作，尽管开头已经写了七十八次，但他依旧不满意。

他找了许多自己喜欢的小说开头，比如，最为经典的马尔克斯《百年孤独》的开头：

> 多年以后，面对行刑队，奥雷里亚诺·布恩迪亚上校将会回想起父亲带他去见识冰块的那个遥远的下午。那时的马孔多是一个二十户人家的村落，泥巴和芦苇盖成的屋子沿河岸排开，湍急的河水清澈见底，河床里卵石洁白光滑，宛如史前巨蛋。世界新生伊始，许多事物还没有名字，提到的时候尚需用手指指点点。

他觉得这才是经典开头,虽然自己不可能写出那么经典的作品,但至少开头得看起来厉害一些。

这也正是他坐了一个下午电脑文档依旧空白的原因,手机里的那条讣告都比他写的内容多,上面写着:

我儿郭忠仁因车祸身亡,明日葬礼在湛江家中祠堂举行。

湛江离方文杰所在的南京有些距离,且没有直达的飞机,若是第二日再去便赶不上葬礼了,所以他今天就要出发。他在网上查了一下机票,晚上十一点还有一班到广州的航班,到达是凌晨两点,休息一晚,第二天早上再坐汽车或租一辆汽车开过去应该赶得及。

于是他回了一条信息:"惊悉忠仁过世,很是悲痛,我明日会准时到达,请伯父伯母节哀,多保重。"

发完信息,方文杰看了一下时间,已经是傍晚六点。他关了电脑,收拾了一下房间,把许久没有用过的行李箱擦干净,装好衣服,洗了个冷水澡。这是他多年来的习惯,不论春夏秋冬,不管遇到什么问题,他都是打开莲蓬头,享受大量冷水带来的刺激。冰冷干净的清水,能让他每天思路清晰。

关上莲蓬头,他扯下一条厚浴巾,擦干身上的水滴,再用另一条浴巾包住滴水的头发,然后把厚浴巾扯下,躺在沙发上,点了一根烟。方文杰数着和郭忠仁认识的年头,想到上次见面还是两周前，在小说方面很多时候都是郭忠仁给自己一些意见还有鼓励。他自以为在高中时期同桌因车祸死亡时就已经看破了生死，但一想到天人永隔，谁也不知道明天和意外哪个会先到，他竟有些悲从中来。

机场离方文杰所住的地方不是很远，打车的话大概是四十分钟。出发的时候，他想到路途遥远，决定带上两本书。其中一本是郭忠仁的小说《无声》，讲述的是一个聋哑人的爱情故事，小说写得很好，但是据说销量惨淡，虽然已经看过，但方文杰想到这也算是遗作，再读一遍可当是一种纪念。另一本则是华莱士的传记《尽管最后，你还是成为你自己：与华莱士飞机上的旅程》，根据这本书改编的电影他也看过，总希望有一天也能踏上同样的签售之旅，但很多事情他都只有想的份儿，到要做的时候总是由于追求完美或懒而退缩。

他准备好一切，叫了一辆车，锁好了家门，便提着行李箱下楼。司机早已经打开后备厢在楼下等待，帮他把行李搬了上去。

司机说："那么，开始计费了，整个行程大概四十五分钟，车上有水和充电器可供您使用。"

方文杰"嗯"了一声，以示回复。

司机接着说："您是去哪里呢，出差还是？"

方文杰说："广州，参加朋友的葬礼。"

司机也不好意思再搭话，回了一句："不好意思，您节哀。"

一路上安静得可怕，坐在汽车里，局限在一个狭窄的空间里，窗外的绿色呆板地飞驰而过，也许已经习惯了，不觉得这画面其实与看电视差不多。司机可能觉得百无聊赖，便打开收音机。这时音乐缓缓传来，方文杰靠在后座上，安静地听着。是《随风而逝》(Blowing In The Wind)，鲍勃·迪伦沙哑的声音传来。

方文杰很钟情美国的民歌，而《随风而逝》是美国民谣史上最重要的作品之一。他之前看过袁越写的一本关于美国民歌历史的书《来自民间的叛逆》，里面记载了上百个民歌手的经历，只是这本书已经丢失了。在鲍勃·迪伦获得诺贝尔文学奖那天，他想找出来再看看，却怎么也找不到了。

有些时候就是这样，想找寻某件东西的时候，那件东西就会躲藏起来。

"先生，到了。"司机转过身来叫醒了方文杰。司机把后备厢打开，帮他拎出了行李箱。

方文杰伸了伸懒腰，打了个哈欠，于是打开车门，下了车。此时收音机还在播放歌曲，但已经不是鲍勃·迪伦的声音，而是一首华语歌曲，并不是很好听。

他对司机说了声"谢谢"，拉着行李箱向出发厅走去，但一想到飞机上要待好几个小时，所以打算先抽根烟，于是又返回门口的抽烟点，点燃了一根红色的万宝路，那是他很喜欢的牌子。机场出口的抽烟点可能是最有礼貌的场所之一，很多刚下飞机的人都没有火，于是都向方文杰借了火，然后都向他说了"谢谢"。

方文杰都以微笑回应，最后把打火机递给其中一个男生，掐灭了烟，拉着行李箱走向出发厅。

过了安检，时间还有点早，于是方文杰去书店转了一下，试图看看有没有郭忠仁的书，但没有找到。他有些气馁，本来还想买本书的，想到也就去待两天，已经带了两本书，没有必要，于是向登机口走去。

座位靠窗，外面一片广阔天空。坐在方文杰旁边的是一个年轻的女孩，短发，格子拼接衬衫，浅蓝牛仔裤，黑色帆布鞋。

空姐正在示范飞机出事时的救生常识。以往方文杰都会戴着头戴式大耳机，把声音开到最大，看着空姐无声的动作，像极了小丑的滑稽表演。可是，这次他反而竖着耳朵专心地听着空姐悦耳的声音，看着很严肃的演示。

一个人突然死亡总会让另一个活着的人心生恐惧。

起飞的那一刻，他屏住呼吸，倾听飞机在跑道上加速时的呼啸，全力驰骋跃上天空，倾斜着往上爬行。

"这感觉像极了坐过山车。"女孩说。

"过山车？"他疑惑地问。

"嗯，就是过山车。过山车刚开始往最高处缓缓上升的时候就是这种感觉。"女孩再次回答。

因为许久没有旅行，方文杰几乎睡了一路。他醒来的时候，正歪在那个女孩身上，她朝方文杰笑笑，问他是不是去出差，而不是回家。

他不想说话，只应了声"是"。

飞机准备降落时，方文杰破天荒地跟着空姐做起了伸展运动。但他还是迫不及待地想出去抽根烟，有人因为找不到打火机就怒戒了烟，但他显然不是这种人。

他在广州机场的一个出口找了个垃圾桶，赶紧掏出烟，向旁人借了一支打火机点上，说了声"谢谢"。在他抽烟的三分钟里，有五个人向他借打火机，但他没有，都是以烟点烟。向他借火的那几个人都跟他说了"谢谢"，他都微笑以对，只字未言。

方文杰叫的专车已经在赶往机场的路上，此时他手机的电量只有百分之十七，他很焦虑，生怕电量坚持不到司机到达。他开启了省电模式，调暗了屏幕，放回口袋，又接着用没有抽完的烟屁股点了另一根烟。

专车到的时候，方文杰的手机还有百分之十的电量，他感到庆幸，但司机并没有下车帮他抬行李，他自己把行李扛上车的后备厢，而后面的司机一直不停地按喇叭。他心想着下车后一定要给这位司机一星差评。

赶往目的地的路上，司机不停地跟方文杰搭话，聊的还是一些他喜欢的话题，他的心情也好了一些，下车的时候他忘记了评价一星的事情，直接拖着行李到了酒店。

办好手续，方文杰到了房间，打开电视，播放的是一个访谈节目。于是他想起了两周前郭忠仁对他的那场采访。

那是在南京的一家小餐厅里，郭忠仁说他要写一本关于朋友的书，把一些好玩的真实故事写在下一本书中，编辑跟他说，这样能增加真实感，更能引起一些人的共鸣，销量也会有所增加。

那场采访中两个人都没有喝酒，点的都是可乐，都加了冰。虽然只过去两周，但是很多内容已经无从记起，方文杰记得当时两个人聊过围棋人机大战柯洁vs阿尔法狗（AlphaGo）的新闻，那时候五局比赛刚过了两局，但柯洁都负了，还谈到微软小冰出版了诗集《阳光失了玻璃窗》。对于人工智能的发展，郭忠仁并没有过多的担忧，只是自我嘲笑说自己的书都没能卖过人工智能写的诗集。

当时郭忠仁对新一本采访类的书满怀信心，觉得这本书一定能够大卖，据说现在市场上比较流行的就是类似的作品。

方文杰不以为然，从中学的时候起他就觉得自己一定会成为一名伟大的作家，虽然他仅在一些杂志上发表过两三篇豆腐块大小的文章，后来再也没有动笔写过，但只要自己写，终究会成为一名伟大的作家。

不过他还是很感谢郭忠仁的鼓励，当时他说："那么，你总要先写,如果写都没有写,所有的事情终是白费。海明威也说过,所有的作品第一遍总是狗屎,要不停地修改才行。"

后来他还有很多问题想请教郭忠仁,但却再也没有机会。

有很多事就是这样,离去谈不上多么惋惜,悲伤也并没有占据多大的面积,生活总要继续。

方文杰调好了第二天早起的闹钟,电视也没有关,他借着访谈节目的声响睡了过去。

刘德伟
1—2

刘德伟先订了机票,从北京到湛江一天只有一个航班,票价有些贵,他本想可以先坐飞机到广州再转火车到湛江,但是想到公司可以报销,价格也就无关紧要,于是他买好了当天直达的机票。因为航班是晚上七点的,所以没到下班时间他就先回去了。

回到家中,他先是躺在沙发上,睁眼看着天花板,觉得这一年来过得很辛苦。他大学学的是新闻专业,一开始进大学的时候,他想当名记者,但由于读书的时候很喜欢跑图书馆,看了许多文学类的书籍,有卡尔维诺的、博尔赫斯的、王小波的、余华的,觉得如果当个编辑也许是一件不错的差事,可以天天读书,以自己的热爱为业,也许是一件好事。

大学毕业的时候,刘德伟的大部分同学都留在了广州,他一开始也给广州的几个出版社投了简历,但都没有得到回应,于是想到搞文化应该去北京。当时他刚好在微博上看到一家出版公司的招聘广告，里面列举了这家公司做的几本还不错的书，他想到也许这就是自己想要的，于是又重新找设计师特意排版了自己的简历，投了过去。没想到他很快就得到了回应。面试的时候，他说："看了贵司的招聘广告，我从广州过来直接就在公司附近租了房子，希望这个公司能有我的位置。"

当时的老板听了哈哈大笑，于是通知他下周一过去上班。

现在留在广州的同学大多进入别的行业，很少有在报社或电视台做与新闻相关的工作的，有些进了新媒体公司，有些在广告公司做文案，对于刘德伟到北京而且从事的是"夕阳产业"，他们都不是很理解，但是人与人之间都不是靠理解才能活下去，每个人都有自己的活法。

刘德伟看了下时间，离飞机起飞时间只有两个小时。他打开衣柜，想寻找毕业后找工作时穿的那件黑色西装，因为平时上班也不用穿，所以已经很久没有机会穿了，那件西装有些皱巴巴的。他找出了熨斗，但动作不是很熟练，不小心烫到了手，他跑去冰箱里拿了一块冰敷上，就没有再熨下去。

他的房间不是很大，三室一厅中的一间，但月租也要花费工资的一半左右，这也是没有办法的事，他知道刚进入社会的年轻人都是这么过来的。好在他住的地方离公司近，有些同事每天上班下班要花费三个多小时的时间，若对离公司的远近评比幸福度，那么他是最幸福的一个。

他收拾好后想去洗个澡,但室友在洗手间里面。与人合租就是抢洗手间的时候比较让人恼火,如果像之前在学校都是认识的人还好,敲一下门叫其赶紧出来,说是尿急,但工作后大多是经中介而合租的一些陌生人,大家虽然知道彼此是邻居,但都不好意思敲门催促。但是不认识的人在一起住也有好的地方,一个人住的话,首先房租会是一笔较大的开支,而且晚上看恐怖电影的时候想到家里就自己一个人会有些害怕,但是合租就不一样,你会有种莫名其妙的安全感。

刘德伟这次出门前记得检查了一下有没有落东西,这样的话就不必再返回来。

他下楼的时候,天已经快黑了,路灯已经亮了,他这次只是背了一个背包就出门了,想到也就去几天,没必要携带过多的东西。

为了赶上机场大巴,他是跑着去站点的,因为跑得有些急促,加上汽车未经完全燃烧而散发的汽油味,他感到有些恶心,一路都是昏昏沉沉的,但也没能睡着。

不过,他总能赶上飞机,每回都是如此。

在飞机上,他看了看窗外,一片漆黑,没能看清任何东西。飞机上的人不多,旁边的人用广东话问他是来北京旅游还是工作。他说,工作。说完,旁边的人就再也没有搭话。空姐推来了饮料,问他要什么,他想了一下,说:"可乐好了,谢谢。"

到湛江的时候，已经是晚上十一点半，湛江的机场很小，是一个军用机场改造而成的。之前郭忠仁邀请过刘德伟几次，但由于比较忙，刘德伟一直没有过来，谁也没想到，他第一次来是为了参加郭忠仁的葬礼。

刘德伟看了一下郭忠仁母亲发来的地址，用手机搜索了一下，不是很远，于是拦了一辆车。但这位司机坚决表示不打表。刘德伟打开滴滴用车，一直没有司机师傅接单。

"走不走啊？便宜点拉你。"黑车司机向他招手说。

刘德伟说："那多少钱？"

黑车司机说："收你二百得了，有点距离呢。"

问了几个司机，都是同样的价格，刘德伟只好坐了其中一辆。不出半个小时，他就到目的地了，下车后付了钱。他心里想着："去你妈的，我以为只有火车站的司机都是黑的，想不到机场的也是一样。"

夜里十二点多，很多人家都已经熄灯了，进入安睡的状态，唯独郭忠仁家的灯是亮着的，房子是老式的别墅，经受着时间的洗礼。大门上贴着的还是旧年的门神，因南方潮湿，木门有了被时光碾压过的痕迹，已经有些变形，门上挂着两个崭新的白灯笼与两串纸钱。

郭忠仁的母亲出来接待刘德伟，紧紧握着他的手，带着哭腔操着不标准的普通话说："大老远地让你赶来，有些愧疚，不过真的很感谢你的到来。"

刘德伟想松开手又不是很好意思，说："伯母节哀顺变。"他把这句白天已经说过的话又说了一遍。

郭忠仁的母亲说："你这舟车劳顿的，想来一定很辛苦，我先去安排一个房间给你。"说完执意脱下刘德伟的背包，想帮他拎着，他连忙摆摆手说："不用不用。"然后补充了一句"谢谢"，就跟着郭忠仁的母亲上了楼。

郭忠仁家的房子很大，比刘德伟在北京租的大许多，但是很多装饰已经老旧。刘德伟把背包直接放在床上。郭仁忠的母亲问他饿不饿，葬礼第二天才开始，如果饿的话，可以先去厨房吃点东西。他说，不饿，想要下去看看。

但是郭忠仁的母亲跟他说，尸体停放在祠堂里，不在家中，但是祠堂离家不远，他可以步行过去。

刘德伟跟着郭忠仁的母亲步行去祠堂。路上，郭忠仁的母亲拿着手电筒，照着前面的小路，电池电量应该所剩不多，所以光并不是很亮。刘德伟便掏出手机，用手机上的手电筒照亮。路上蓓蕾的鲜花香气飘浮在南方湿漉漉的空气中，比北京的空气好了许多，因为刚下过一场雨，蟋蟀和蝉不停地低声鸣唱。

一路上郭忠仁的母亲说了很多郭忠仁小时候的趣事，说到动情之处又抽泣了几声，表示活生生的人就这么没了。刘德伟随声应和说"是",除此之外,不知道说些什么。

郭忠仁的母亲继续说:"之前忠仁出书的时候,还老提起你,他在高中的时候就一直想要出版自己的小说,但一直没有机会。好在你帮了他,这事还得谢谢你。"

"不用谢。"站在祠堂的门口,刘德伟说。

祠堂的门口两旁都点着巨大的白蜡烛,门是开着的,刘德伟跟郭忠仁的母亲说,他待会儿再进去,想先抽根烟。

郭忠仁的母亲点了点头。

此刻刘德伟不知道怎么面对接下来的一切,他不知道进去时应该说些什么、要不要哭。

乡村的夜晚,星星很多,已经凌晨两点了,蝉鸣依旧没有停下的意思。刘德伟看了一眼星星,他在想是否其中有一颗就是郭忠仁化成的。然后他又想到那些星星只是夜晚天空中闪烁发光、数量固定的天体而已,就没有再想。有些时候就是这样,我们总是喜欢对不确定的或者触手不及的东西抱有一丝幻想,然后冠以一个新的名字,但是随着认知的发展,这些幻想会逐渐破灭。

刘德伟掏出了烟,但是没有打火机——上飞机的时候放在安检口前的垃圾桶里了,他只能就着蜡烛点了一根。他觉得这样做可能有些冒范,于是又点了一根,放在旁边的石头上。

这时,一个五十多岁的中年人走出来,有些秃顶,黑皮肤,深眼窝,典型的广东人长相。他也掏出了烟,冲着刘德伟笑了笑,但可能想到是葬礼的前一夜，笑不是很合时宜，于是他又马上把笑容收了回去。看到刘德伟的烟已经抽了大半，这个人给他递了一根。刘德伟说了声"谢谢"，就接了过来。

中年人说他是郭忠仁的叔叔，问刘德伟从哪里来。

刘德伟说："北京。"

中年人说："北京我去过，天安门广场、长城、故宫，我都去过，那是十几年前了，就是天气特别干燥，每天不管喝多少水都不管用。"

刘德伟说："嗯，一开始我去的时候也不习惯，但是现在已经好了许多，不会太难受。"

中年人蹲了下来，把烟掐灭了，补充了一句："接到消息我一直不太愿意相信，忠仁他才二十九岁，还打算明年结婚的。"

刘德伟说："是啊，他也跟我提过，还邀请了我，但是世事无常。"

中年人说："你这么大老远的还赶来参加他的葬礼，他在天之灵应该感到幸运，以后会保佑你的。"

说完，中年人站了起来，补充道："我们进去吧。"

刘德伟应了一声"好"，随他一同进了祠堂。

祠堂的大厅很宽敞，墙上挂着一些用竹子撑起来的白布，白布前面摆着一个架子，上面摆放着郭家许多祖先的灵位，有些已经老旧，看不清灵位上的字眼。棺材就架在大厅的中央，由两根长板凳托着,还没有盖棺。周围都是一些守夜的人,有些跪着,有些已经坐在地上睡着了。郭忠仁的母亲在烧纸钱。

刘德伟对着棺材鞠了三个躬,郭忠仁的母亲站了起来,又拉着已经睡着的郭忠仁的父亲回礼,郭仁忠的父亲眯着眼睛,连忙道了好几句"谢谢"。

夜很深了,烛泪滴落的声音都能听得很清楚,刘德伟本来想也留下来守夜,但没有地方可坐,郭忠仁的母亲就送他先回家休息。在回郭忠仁家的路上,郭忠仁的母亲说第二天中午还要麻烦他去汽车站接另外一个朋友——一个从南京过来的小作家,叫方文杰。

方文杰
2—2

方文杰在大巴车上把郭忠仁的《无声》又阅读了一遍，又用手机刷了一会儿微博，发现这个默默无闻的作家因他的死亡而成了一个热门话题。微博里很多人都在讨论这本书，但是人都死了，讨论这些也没有任何意义。

他到的时候，刚好是中午十二点，郭忠仁的母亲在他上车之前就给他打过一个电话，说当天会有一个从北京来的编辑来接他——这个编辑前一天晚上就到了。他知道这个人，听郭忠仁提起过，但一直没有机会联系。

他下车的时候，因为前一天下雨的关系，露天的车站地面有些积水，阳光反射出来的光晃得他有些睁不开眼睛。

他原以为这个编辑会拿着标着"方文杰先生"或是其他牌子等他，但并没有，甚至连他的人都没有看到，这让他有些气馁，但一想到是来参加葬礼，而不是参加自己的新闻发布会或国际论坛，他就打消了这个念头。

他拨通了这个编辑的电话，告知了具体的位置，就站在路边等着。

刘德伟到的时候，摇下车窗，问："是方文杰吗？"

方文杰说："是。"

刘德伟打开后备厢，说："你好，我是刘德伟。"

方文杰把行李箱装在后备厢中，一开始想拉开后座车门，想到有些不妥，就把门关上了，然后拉开前车门，坐了副驾驶座，系上安全带，说："你好。"

每个朋友、仇人都是从一句客套中的"你好"开始，无一例外。而不管学习什么语言，除了是自学的脏话以外，其他的第一句话也都是"你好"。

在陌生的地方开车是一件特别有趣的事，无论去哪儿都需要导航，街道过于热闹，刘德伟开得小心翼翼。他也不太清楚这到底是因为是在陌生的地方还是因为郭忠仁刚因车祸死亡，也许两者都有，人们大多习惯因他人的不幸而反躬自省。

方文杰觉得车里有些热，于是打开了车窗，问能不能抽根烟。刘德伟给他指了一下放在挡风玻璃前的烟，方文杰拿了一根，说："我也是抽这个。"

太阳似乎发了高烧，热得要命，但因为前一天下雨的关系，空气又非常潮湿，衣服像是随时能拧出水一样。街道上挂满了各种标识牌，方文杰按着导航很慢地前行。在准备往高速公路那边行驶的时候，他想到回去应该也要近一个小时的车程，于是问了一下方文杰要不要先吃饭。方文杰说，好。

于是刘德伟又掉头返回市里，找了一家餐厅，停了下来。餐厅不大，里面的人并不多，服务员介绍菜品的时候看到他们两个人心情有些沉重，就想讲个冷笑话调节一下气氛，但他讲得不是很好，刘德伟和方文杰面面相觑，谁也挤不出一点笑容。服务员也有些尴尬，赶紧简单介绍了一下他们店里的招牌菜，迫切地想远离这个尴尬的局面。

为了同一个人（比如，参加一场读书会、一个葬礼）而聚在一起，往往话题都会聚集在那个人身上。刘德伟和方文杰默默不语地坐了一会儿，最终还是服务员上菜时打破了沉默，说："您好，菜上齐了，请慢用。"

小时候家里人总会强调吃饭时不能说话，但是长大后在饭桌上不说话就会显得气氛特别尴尬。方文杰告诉刘德伟，郭忠仁去世的消息已经在网上传开了，许多应该没有读过他的书的作家同行也对此表示了惋惜，纷纷转发，连意见领袖韩××都对此发表了看法，现在这条消息已经在微博上形成了热门话题。刘德伟赶紧掏出手机，看到自己公司的官方微博也对此发表看法并确认了这个消息，于是他又转看了当当网的榜单，这一次，他的书终于排在了24小时榜单的第一名，对他来说，这是个值得庆祝的时刻，但又是不能庆祝的时刻。连暗自窃喜对他来说都是不应该的。

吃完饭，两个人回到车里。车里面特别热，刘德伟把空调打开，脱下了西装，系好安全带，又示意方文杰系好安全带。然后，他打开导航，踏下油门，往郭忠仁家里开去。

他们先到了郭忠仁家，没有直接到祠堂。刘德伟先帮方文杰把行李箱拎了下来，也不知道郭家是否给方文杰安排了房间，他就提着方文杰的行李箱，放到了自己的房间。然后，他说："葬礼应该就要开始了，我们应该先下去。"方文杰说"好"，然后跟着刘德伟走向祠堂。

不知道白天人的嗅觉会不会下降，刘德伟好像并没有再闻到花的香味，但是蝉鸣更加响亮了。在前往祠堂的路上，方文杰说自己没有参加过年轻人的葬礼，问刘德伟是否要注意点什么。刘德伟想到自己也没有参加过，就说了一句："没有什么。"

他们到的时候，葬礼已经开始了，前来吊唁的人整齐地排列在祠堂前面的院子里，然后陆续走进祠堂，对着棺材鞠躬。方文杰和刘德伟是一起进去的，里面跪着的都是郭忠仁的家人，他们守了一夜，眼睛里都带着血丝，正在小声地啼哭。

两人一齐鞠了躬。郭忠仁的父亲从火堆里掏出了两枚硬币，用水冲了一下递给他们，说："谢谢你们的到来，愿他在天之灵保佑你们。"

吊唁结束后，法师按部就班地盖上棺木，围着四周走了三圈，嘴里念着咒语，右手中指、食指不停地画着看不见的符咒。咒语停止时，法师从包里拿出四枚长钉，一下一下地钉到棺材上，声音又沉又响。

到了出殡的时刻，随着鼓声响起，棺材被四个黑衣人抬到大卡车上。鼓乐班子的人手脚并用地爬上卡车后厢，有的坐在棺材上方。

随着卡车的引擎发动，跟在后面的送葬队伍开始号啕大哭。方文杰和刘德伟跟在队伍的后方，默不作声地撒着纸钱。风很大，纸钱随风飘扬，但是再大的风也吹不跑参加葬礼的这些人的悲伤。

刘德伟

1—3

刘德伟醒来的时候已经是早上十点,他收拾好东西,下楼洗了个热水澡。从洗手间出来的时候,他碰到了郭仁忠的母亲,她脸上的悲伤似乎减轻了不少,跟他说厨房里熬了粥,让他吃完再走。说完,她便给刘德伟盛了一碗。

刘德伟坐在餐桌前,看着热腾腾的粥,想到自己自从上班以来就很少吃早餐。此时此刻同事们应该都在上班。这时候销售部的同事给他打了电话,说现在郭仁忠的书已经全网断货了,现在要加印,要他提供版权信息。刘德伟想到公司的设计师那边有,就叫销售部同事去找设计师要。

他正想挂掉电话的时候,老板接过电话说,现在网络上对郭忠仁的书都是赞赏有加,他自己这两天也阅读了那本《无声》,确实很好看,希望能够找出郭忠仁的其他遗作出版,而这些作品就是他的灵魂。说完,老板还停顿了一下,补充说道:"对此事我很抱歉，也很遗憾，他现在除了灵魂，一无所有，而这也是可以让他的作品永远流传下去的唯一方法。"

刘德伟一时间不知道应该怎么回答，沉默了一会儿，说"好"。

挂掉电话，他用纸巾擦了擦嘴，把头转向了正在厨房忙活的郭忠仁母亲，说："阿姨，忠仁的新书现在加印了，卖得很好。"

郭忠仁的母亲走了出来，双手合十，说："那他在天之灵一定会感到欣慰的。"

刘德伟补充了一句："一定。"然后接着说，"阿姨，忠仁的电脑还在吗？我想看看他还有没有其他作品，我整合一下，他的作品非常好，出版的话可以让他的作品永远流传下去。"

他借着老板的话，问了一下郭忠仁母亲的意见。

"有，在他房间里，在他的背包里面放着，挂在他房间的门后面。我还要盯着粥，怕煳了，你上去看看，顺便叫那个小作家下来喝粥。"郭忠仁的母亲说。

刘德伟说了声"好"，然后补充一句"谢谢"，便上了楼。

方文杰睡的是郭忠仁的房间，开门的时候他睡眼惺忪地揉了一下眼睛，问："怎么了？"

房间里的电视是开着的，播放的是洗衣液的广告。

刘德伟说："怎么睡觉还开着电视啊？"

方文杰打了个哈欠，说："习惯了，在陌生的地方开着电视才能睡着。"

然后他打开门，指了指椅子，让刘德伟先坐一会儿。

郭忠仁房间的墙是新刷的白色，挂着几幅印象派画家凡·高的画作。有一个书架，里面摆满了很多书，都是一些名家的文学作品，里面也有刘德伟寄给他的几本，但都没有来得及拆封。除此之外，还有许多本《无声》摆在地上。刘德伟翻开看了一下，都有签名，可能是要寄给他的朋友的，可惜再也没办法寄走。

书桌上也摆了几本书，大多是关于采访的教材，有梅茨勒的《创造性的采访》，还有《新闻采访学》，这些都是刘德伟上大学的时候学过的，之前他们聊好下一本书是关于采访的时候，他向郭仁忠推荐过这些书。

刘德伟翻开看了一下，发现里面涂画了很多知识点，他想到自己上课也没那么认真，如果采访得以顺利完成，那一定会是一本不错的书，但是现在人已经离去，这只能成为永久的遗憾。

刘德伟取下门后面的背包，觉得房间有些暗，于是打开了窗帘。阳光照进来的时候，方文杰下意识地眯了一下眼睛。

电脑已经没有电了，刘德伟为其充上电，开了机，电脑里的每个硬盘除了《无声》，只有一些郭忠仁学生时代的习作，谈不上出版价值。这让他有些失望，但也许连他都不知道失望的点在哪里。

背包里除了电脑，还有录音笔，都是一些采访类的提纲，除此之外，还有一张中国地图，上面画了很多小圆圈，每个圆圈都代表一个被采访的人，联系电话也都标在上面。

这时候他突然想到，不能弥补的才叫遗憾，于是把椅子转向了方文杰，说："郭忠仁采访你的时候说过接下来的一些采访计划吗？"

方文杰依旧带着困意，说："有，他说接下来还要去采访四五个人吧，我是第三个，有些是他的朋友，有些是看新闻时联系上的，他跟我说过几个名字，但是我已经记不清了。"

这时候刘德伟突然打消了回京的念头，他对方文杰说："那么，你说，我们把他未完成的采访给进行下去怎么样呢？"

方文杰点了一支烟，看了看他，旋即又掐了。

刘德伟接着说："我们把他的采访继续下去，这样的话，也能完成他的遗愿。你是他采访中的人，又是写小说的，而我又是编辑，这样的话，我们可以追随他的旅程，哪怕这趟旅程没有飞碟经过，但我们可以帮他完成这个愿望，到时候出版，既算是他的遗作，也算是我们为他完成的一个遗憾啊。"

刘德伟说得差点感动得自己一塌糊涂，但方文杰还处于半醒半蒙的状态，似乎并没有感动，这世界上最尴尬的事情不过如此。

方文杰说："我要写自己的小说呢。"

刘德伟说："你的小说写到多少了？"

方文杰说："书名快定了。"

刘德伟说："那你发我看看啊，我可以帮你想想书名。"

方文杰说："我是说内容还没有写，书名快定了。"

刘德伟此刻竟无言以对。

其实刘德伟也知道，每个人大多是为自己的目标前行，而对于他来说，现在他在公司里就像一个笼中困兽，公司低迷的气氛也影响到他。他想过要请一个长假逃出去旅行，在海边喝着啤酒，吹着凉风，就现在而言，这也算是一个出行的机会，只是一个人的旅程难免有些孤单，他必须找一个人同行，而且是会写的，这样的话至少能完成自己的义务，让郭忠仁的遗作得以出版。不管对自己的工作也好，出于私心也好，这都是一个不错的选择。

他接着跟方文杰说："到时候可以把你的名字署在郭忠仁的后面，你会一战成名，还怕小说没有出版的机会吗？"

方文杰想了想，说："行。"

刘德伟打电话给老板，告知了情况，说现在郭忠仁没有别的作品了，但是那场采访已经完成了一半，他找到另外一个作家，可以跟他一起踏上旅程，完成郭忠仁余下的采访，到时候再出版应该能引起轰动。但是他得请一个月左右的假当出差，才能完成。

老板一开始显得有些失望，想了一下，说："好，我让财务那边先给你打点钱，当是采访的一些费用。"

两人各自把东西拎下了楼，刘德伟把地图和录音笔收好，跟郭仁忠父母告别，说要去完成郭忠仁没有完成的采访，问租车地点在哪里。

郭仁忠的父亲说:"之前仁忠的车送去修理厂修了,今天就能开回来,你们可以开着那辆车走,反正家里有两辆车,平常那辆都是他开,现在他已经离开了,空着也是空着。很感谢你们能来参加他的葬礼,那车就当他送给你们的礼物,反正你们也是为了完成他的梦想。"

突如其来的大礼让他们显得有些惊慌,赶紧拒绝。

他们说:"叔叔,我们用完就还。"

郭忠仁的父亲说:"没关系。"

第二部分

搏击者李国祯

方文杰
2—3

车送回来的时候已经是下午一点,是一辆黑色SUV,车牌号是粤GF3629。他们谢过郭仁忠父母再留一夜的邀请,然后大家一起在车的旁边拍了一张合影,之后两人就准备出发。

喊"茄子"的时候,方文杰转向右边问刘德伟:"你知道茄子的'茄'和雪茄的'茄'是同一个字吗?"

刘德伟说:"不知道。"于是照片就定格在刘德伟一脸迷茫的表情上。

之后两人把行李放进了后备厢,其中还有郭仁忠的电脑、背包、录音笔。在车发动的时候,一只小金毛挡在了前面,任凭郭仁忠父母怎样叫唤也不理会。后来得知这是之前郭忠仁去采访时捡回来的小狗。于是两人征得郭仁忠父母的同意后也带着它上路了,还给它起了一个新的名字:阿仁。

郭忠仁之前带去采访的一切物品,都将跟随他们踏上这场没有走完的旅程，而这些物品也算是对他的一个念想或让采访更有仪式感。

开车的是刘德伟，他调整好了座位，两个人与郭忠仁父母告别，两个男人、一只狗，就这样踏上了新的旅程。

第一站是南宁，这本该是郭忠仁采访的最后一站，他列的地图是由湛江—广州—厦门—南京—长沙—成都—丽江—南宁，但是广州、厦门、南京郭仁忠都已经去过，不必要重复他走过的路，而是直接从他的终点到达长沙然后再返回即可。

在车驶进325国道的时候，方文杰看到了一家4S店，于是提议把车装饰一下——在后车窗上贴上这次旅程的地图，把车身喷上郭仁忠的照片以及他《无声》的封面，这样可以让这次的旅程更有仪式感。

方文杰不管做什么都想要一种仪式感，从小就是如此。他跟刘德伟说："就算是再平常的小事，带着仪式感去做，就能够对抗生活中的消极因素。"

刘德伟虽然依旧不是很明白，但是觉得方文杰的话好像有些道理，就听从了他的建议。

在车做装饰的时候，他们到旁边的便利店里买了一些生活用品和食品，都是薯片、巧克力豆、棉花糖之类的，还给阿仁买了狗粮和狗绳。

结账的时候，方文杰说："那下回再请你。"

刘德伟说："没事，我有公款。"

于是方文杰赶紧又回去抱了一打可乐。

车喷好漆后，他们看着车身上郭仁忠的脸仿佛还活着一样，都很满意。

在他们开车离去的那一刻，修车的师傅跟同事说："头一回见有人主动把车喷得这么丑。"

夜晚高速公路上的车并不多，收费站的服务员满是疲惫，对于他们的车身装饰并没有给予评价。

方文杰有些失望，有些时候就是如此，哪怕是批评，也远比无视强，不管是对于恋爱还是工作，或者是刚写完一篇文章发到网上，寥寥无几的点赞数也比不上很多人对其展开批评。

夜已深，他们还在前行。

刘德伟问："要不要停在应急车道让我开一会儿？"

方文杰说："不用，好车开着就是爽，不像我家的那辆破轿车，我一开始觉得开起来跟拖拉机一样，后来有一次去开了拖拉机，发现我对拖拉机有些误会了，特别酷，你知道吗？"

刘德伟说："对，仅次于摩托车。中学的时候我特别爱开摩托车，我们家在一个小城里面，围着城绕一圈不到一个小时，在开得特别慢的情况下是一个小时。我高中毕业后，就每天晚上都开着摩托车转。小城虽小,但是有很多同学,每开一两公里我就想到有同学住在那里,然后就会叫他们下来,人越来越多,大家最后也会去喝点糖水,然后各自回家。那段日子真的太酷了,对吧?"

方文杰说:"那真的是很酷了。"

之后两个人就没有再说话,或许他们各自在等待,刘德伟在等待方文杰的补充夸奖,方文杰在等待刘德伟的回应。

下了高速以后,方文杰用导航选定了市里一家宾馆,这时候刘德伟已经睡着了,于是他开得很慢。到目的地的时候,方文杰才喊刘德伟,说:"到了,你先带着阿仁办入住手续,我去把车停好。"

这时候天已经快亮了,南方的夏天此时已经热得不行,像是告诫自己正在热恋中一样。方文杰停好车,刘德伟也已经办好入住手续,因为没有两个单间,两个人只能被迫住在一个房间内。

此时已是早上七点多,方文杰洗了个冷水澡,出来的时候发现刘德伟已经睡着了。他本来想试着写一下自己小说的开头,但是依旧坐了半天什么都没有写出来,想到晚上还要出去进行第一场采访,困意就随之而至,他打了个哈欠,倒在了床上。

刘德伟
1—4

刘德伟一大早站在镜子前，另一张床上方文杰还没有醒。挤牙膏的时候，刘德伟发现前一晚方文杰是从中间挤的，这让他有些生气。但他想到自己整个少年时期都是这么过来的。习惯总会因为一个人而改变，而这些改变大多不是被迫的，而是潜移默化的作用，他也记不得到底自己是从哪天开始改变的，但能记得的是在他前女友离开他之后。

刘德伟与前女友的学校不是同一所，而且离得有点远，要坐一个多小时的大巴，但刘德伟会时常去她学校找她。后来别人问起刘德伟所读的大学的时候，他总是说读了两所，因为去另一所大学的次数过多，连门卫都认识他了，即便他没有学生证，门卫也总会给他开门。

两个人是在一次校际网球比赛上认识的。由于都是大一新生，没有参赛资格，他们都只有捡球的份儿。后来在中场休息的时候，他们两个人都坐在观众台上,那时候还未成为他女友的那个女生给他递了瓶水,本来是想让他帮忙拧开,但他说了声"谢谢"就喝了起来。

两个人因此聊了起来。陌生人第一次见面总是先聊起家乡,刘德伟问她是从哪里来的,不像是广东人。她说,浙江。然后刘德伟想了一下,说,怪不得普通话说得这么好,原来是北方来的。女生没有强调浙江也是南方的,这样的误会她经历过无数次,在广东人眼里总是如此,除了广东、海南以外,其他地区都算北方。

两个人就这样熟悉起来,再到后来就在一起了。

刘德伟总是觉得人的脾气跟身高成反比。他们学校有几个东北的,虽然网络上一直说东北人脾气能爆表,但是他所认识的几个来自东北的同学脾气好得惊人。有一次他们为了将几只困在铁桶里的小猫救出来,忙活了几个小时,温柔得很,这种叫反差萌。而他女朋友身高一米五八,却经常因为一些小事而火山爆发,这种脾气像广东的天气,阴晴不定,早上还是大太阳,下午可能就会是一场暴雨。

两个人总会因为一些琐事吵架,像不能剩下食物,牙膏一定要从末端挤,鸡蛋汤一定要是咸的。刘德伟半夜醒来有时发现她在床边哭,便问她为什么,她回答:"我梦见你劈腿了,你晚上睡觉都没有抱着我,这就是证据。"然后她开始收拾东西,凌晨两三点钟,依旧往外跑。

刘德伟说:"你要去哪儿?"

她说:"我要回学校。"

然后女友开启暴走模式,进行长达数小时的暴走,刘德伟总是赶紧穿上衣服跟着跑,有时怕追不上,就只能穿着短袖赶紧追上去。

即使在广州,冬天也非常冷,但刘德伟只能跟着,冻得牙齿直哆嗦,直到跟到公交站。

女友说:"我要回学校,可是我没有钱,你给我钱打车。"

刘德伟掏出钱递给她,又被揍了,女友说:"谁要你的钱?"然后张开双臂,示意要抱抱。

总是如此,当时女友玩得不亦乐乎。

那年毕业季,他送女友到机场。是早上七点的航班,两个人没有过多的积蓄,就在机场待了一个晚上。深夜的机场依旧人来人往,他去买水的时候发现原来机场的便利店晚上也会关闭,他只能在自助售货机里给她买了一瓶她爱喝的饮料。看着售货机旁边的深夜交通指南,他想到每个地点都有两个人吵架的记忆,就笑了起来,但是心里依旧有些难过。不知道机场的空调是不是永远开得比较凉快,甚至有些冷,两个人紧紧地依靠着,这次他们没有吵架,也没有说过多的话,旁边的泰迪安静地睡着,那是刘德伟送给她的礼物。

当初女友说要收养一只小狗。于是两个人在网上寻找各种收养信息，两个人按照网站上发布的信息一个地址一个地址地寻找。好在最后他们找到一只她喜欢的小狗。那时候也是夏天，热得要命，他们在一家收养流浪狗的中心看到了这只狗。他女友在办完手续回去时，这只狗没有洗澡，她就一路开心地抱着。由于宠物不能被带入地铁，他们又不舍得打车，就慢慢走着，反正上大学时最不缺的就是时间。

他有时想，如果时间能够停止，每个人总会想到停止的一瞬间，那么他所要停止的那一刻就是在机场相互依靠时吧，收养小狗那天也可以。

但是时钟在走，一切都不会停留，花总会谢，人总会死。

一向都会延误的航班那天却出奇地准时，他送她到安检口，看着她远远离去，她突然回头喊了一句什么，但他没有听清楚，只是小声回了一句："再见了。"

此后，再也没有见过。

在两个人谈恋爱的时候，她给刘德伟所建议的一切他都没有认真听取过，不管是牙膏应该从末端挤也好，还是被单一定要两周一换也好，他从来都没有遵守过。但是她离开后，他的很多习惯终于开始变了，人总是如此，总是离开后才会知道珍惜。

刘德伟收回了思绪，洗干净脸，打开了莲蓬头，以为出来的会是热水，但并不是，虽然是夏天，但他冷得打哆嗦，这种感觉让他想起了那些穿着短袖追女朋友的夜晚。他和方文杰不一样，觉得没有什么是比洗热水澡更加舒服的，于是他转了调节器，打开热水，蒸汽充满了整个浴室，又在关掉水后很快消失不见，像极了那些记忆。

　　他吹干了头发，换上衣服，叫醒了方文杰，要准备跟他一起去进行采访的第一站。

李国祯
3—1

迄今为止李国祯参加了二十三场地下MMA（综合格斗）比赛，每一场都被打得鼻青脸肿，但他依旧每次养好伤后都会再次进行训练，再次参加比赛。

不久前他还是一名职员，薪水不错，公司同事也待他不薄，跟他相处得很好。有一天，他回家的时候突然想到，如果去参加搏击比赛，把搏击当成一种职业会是怎样的一种体验。也就是这么一想，他第二天就辞了工作，回到家里，买了搏击拳套和一个沙包，进行自我训练。

现在依旧有人问他是否是因为看了《搏击俱乐部》这部电影或者毛姆的《月亮与六便士》后才选择去追随内心，成为自己想要成为的人。但事实上他并不是这样，他每次的回答依旧是那句"就是因为有一天下班回家的路上想到的"，没有其他任何理由。但是他的同事、上司、父母依旧不理解，很多人都在背后议论，听到他的回答，却又自认为他是受加缪《局外人》的主人公莫尔索的无理由杀人案影响。对此李国祯很无奈，却也不以为然。

此刻他正站在训练场上对着沙包疯狂地练习，教练正在指导他，说左勾拳还是欠点气候，应该由更下方往上点，由腰间发力，而不是单纯依靠手部的力量。他不停地挥拳，满头大汗，汗水滴在他的伤口上，但他已经习惯这种疼痛了。

李国祯有很长一段时间失眠，每天回到家里都睡不着。一开始单纯以为是因为睡前的亮光导致的，于是他把电灯泡拆了，每天下班回到家里就面对一片黑暗，但他依旧睡不好。自从练习搏击，他每天睡眠质量都非常好，他开始想跟别人说因为失眠才去练习搏击，但事实上自己一开始并非抱着如此的想法，就打消了这个念头。

他一开始没有系统地训练，大都是从视频中学习一些技巧。MMA比赛中可以使用的拳术很多，但他偏爱拳击、泰拳、桑搏、擒拿、散打、跆拳道、巴西柔术、截拳道这几种，而这里面最偏爱的就是巴西柔术，而这只是因为他比较喜欢巴西这个国度，可是当他知道巴西柔术源于日本柔道时，他又失眠了好几天。

对于一些拳击手来说，二十八岁甚至已经快到退役的年纪了，但是李国祯这个年纪才开始学拳击，不管是体力还是反应速度都比不上二十一二岁的对手，而后来和他对战的往往都是这样年纪的人。但他还是坚持着，后来他看了一部电影，对他影响很大。那是张家辉主演的电影《激战》。影片中，香港拳王程辉在拳坛没落后赌债累累，十分落魄，富二代林思齐因父亲生意失败而一无所有。两个曾风光一时的失意人，一个为了避债，另一个为了寻父，在澳门相遇而成为师徒。程辉为了挽回人生尊严，林思齐为了鼓励失踪的父亲别放弃，师徒二人踏上MMA的擂台，无惧地挑战强大对手，而程辉以四十八岁的高龄赢得了比赛。

对于李国祯来说，电影里的程辉就是他的榜样，而他后来的训练也都是学习电影里程辉的训练方法——扛酒桶，推车外轮胎，只不过李国祯最终只是身体变强壮了一些，技巧还是没有长进。后来他找了一名教练——一个退役的老自由搏击手，虽然再次实战赢面不大，但这名教练在技巧方面教了他很多。

今天晚上又有一场比赛，这是李国祯的第二十四场比赛。本来今天有两个人约他做采访，据说是郭忠仁的朋友，之前郭忠仁打过电话约他做一场采访。但是前几天他看到新闻说郭忠仁去世了，真是有些可惜。而郭忠仁也是他的朋友，也是他唯一打败的对手，由于不是在比赛场上赢的，所以他依旧没有一场胜绩。

采访最终安排在比赛结束后。李国祯告诉了那两个人地下搏击俱乐部的地址，他们可以先观看他的比赛，再进行采访。他并不在乎这一场采访，他所追求的不会是因为一次采访而知名，而是一个成为赢家的机会，他感觉自己的世界里从来没有赢过，他需要赢一场。

  小时候，他是一个很听话的小孩，至少在邻居和父母眼中是如此。但是这不能保证他是一个聪明的人，他始终处于中等，考试如此，跑步如此，连跟朋友躲猫猫也是最先被找到的那一个，因为所有的赢面好像从未降临到他身上。

  他时常想起邻居家的那些发小儿，那些小时候的熊孩子最终都找到了称心如意的工作，而他则成了最普通的职员，日复一日，他有时候把这一切归因于自己的内向，或者是胆怯。后来练习了MMA，他这份胆怯也一直没有退去。

  所以他想赢一次，一次就够了。

方文杰

2—4

方文杰醒来的时候已经是下午六点。他先起来冲了个冷水澡。他和刘德伟约好了李国祯,但是听说李国祯是一个自由搏击手,还邀请他们一起去看他的比赛,说比赛过后再采访。

但是方文杰对此并不是很感兴趣,他问刘德伟还有没有烟。刘德伟说已经没有了,然后补充一句,可以下楼买。

方文杰说:"没关系,待会儿一起下去吧。"然后拿起了录音笔,按了几下还是不会用,就递给了刘德伟,说:"你调一下看看怎么用,我不是很会用这玩意儿。"

刘德伟在调的过程中,正好播放了郭仁忠采访方文杰时的几段话。

方文杰听到自己的声音,脸有些红。

刘德伟笑了一下,没有说话。

他们两个先吃了晚饭，各自抽了两根烟才走进地下搏击俱乐部。不出所料，场地果然是在地下，他们进去时被保安拦住了，给李国祯打了电话才被放行，但是无论怎么说，阿仁都不被允许带进去，他们只能把它放回车里面等着。

比赛场地并不是很大，能容纳两百余名观众。他们想事先跟李国祯打个招呼，但未能如愿，李国祯是第二个上场，眼下正在后场做准备。

他们坐在比较靠后的位置，里面人声沸腾，如果只听声音，还以为那是几千人的场地呢。

旁边的人正在抽烟，方文杰本想去阻止，但看了一下他的身高、体重便觉得算了，禁烟应该禁不到地下搏击俱乐部这里，他为自己的胆怯这样开脱。

观众的口号很整齐，喊的是拳王阿拓的名字，而不是李国祯的，方文杰和刘德伟从口号中看得出李国祯也许并不是一个很受欢迎的选手，不是很明白郭忠仁为什么要采访他。

但是凡事总有理由。

自由搏击中，一个人倒下也是表明下一场比赛马上到来，这有点像足球比赛里的替补，但是足球比赛中替补上场并不代表这场球会输，但是对于MMA来说，倒下则意味着输得一塌糊涂。李国祯上场时，依旧没有观众大喊他的名字，连小声的支援都没有。在MMA比赛场上，两个参赛选手都如同困兽，又像在进行电影里面的生存游戏,毕竟要有一个人倒下才会结束比赛。

李国祯先是四处扫视了一下,方文杰向他挥了挥手,刘德伟也跟着挥了挥手,但是李国祯像没有看见一样,然后咬了牙齿护具,随着钟声的响起,比赛开始。

这场比赛并不精彩,这种地下比赛就像学校里面踢的足球友谊赛,远比不上足球世界杯精彩,更别说是与国际专业俱乐部比赛相比了。但观众依旧热情高涨,像是把所有的愤怒与委屈都发泄在自己的怒喊中了,对拳王阿拓的支持像希望他能打倒自己的上司、打倒自己的仇人一样。

李国祯在场上仿佛没有进攻的空间,只有防守的份儿,但是MMA比赛比的不是防守,更多的是进攻,第一个回合下来,他虽然没有倒下,但感觉没有赢的机会了。

方文杰一直向刘德伟咨询他们所用的招数,但是刘德伟对拳击没有多大的兴趣,连类似的电影都没看过几部,所以也说不上来,只是说,MMA看的不是招数,而是进攻与防守之间的博弈。方文杰虽然没明白是什么意思,但也点了点头。

场上比得热火朝天,李国祯在第二个回合倒是用了一些进攻方式,他试图锁住阿拓的头,但是最终还是失败了。对于锁头那部分,方文杰对刘德伟说,他也知道这一招,叫夺命剪刀脚,是周星驰电影《逃学威龙》里面的一个招式。不过,刘德伟看着觉得不是很像,但由于自己的知识量不够,他还是点头认同了方文杰的看法。

比赛终究得有赢家，很不幸的是，李国祯输了。他被阿拓的左勾拳用力一击，倒在了地上。裁判跪下来开始倒数，与此同时，全场气氛更加高涨，"阿拓万岁"的字眼夹杂在各种叫喊声中，跟着裁判一起喊："10，9，8，7，6，5，4，3，2，1。"

李国祯输了，很多时候都是如此，在最迫切需要奇迹的时候，往往奇迹不会发生。

比赛结束后，观众开始慢慢地离开座位，他们第二天会照样按时上班打卡，除了满地的烟蒂，还有空啤酒瓶能证明他们来过，整个场地看起来好像什么都没有发生过一样。

方文杰走到赛场上，扶起了李国祯，没有提比赛结果，或许这也是一种尊重。他先是自我介绍了一下，然后指了一下刘德伟："这是刘德伟，郭忠仁的编辑。"

李国祯笑了一下，握着他们的手，好像失败没有发生过，说："你们好，我是李国祯。"

刘德伟
1—5

作为广东人，刘德伟总会被问到是否什么都吃。其实广东人除了爱喝各种汤以外，其他方面还真比不上广西人——像《低俗喜剧》里杜汶泽饰演的电影人去广西找黑社会的暴龙哥一样，他平生最爱吃野味。里面有一句台词是："你们这些香港人，离开了这里，哪里都吃不到这么好吃的东西。"

这可能不能证明广西人也是什么都吃，只是李国祯约他们吃饭的时候问要不要去试一下这边的特色野味，这又是一个证据，可以证明此疑问并不是空穴来风。

但是他们俩拒绝了。

他们开车带着阿仁，从万象城汀到了南湖，一路上三个男人、一只狗，谁也不说话。

最终他们在一家大排档前面停了下来。

李国祯说："就这家吧，这家好吃。"

菜单上都是一些正常的菜。老板小声地说:"其他的我们这里也都有,国家保护的才是最补的。"然后指着李国祯说,"看你满脸是伤,应该要补一补。"

李国祯说:"这两位朋友是从外地来的,应该接受不了,就不用了。"然后他点了几个正常的菜,荔浦芋头扣肉、南宁武鸣柠檬鸭这些南宁特色美食。

他们也没有喝酒。在上菜前,三个人相视一笑,刘德伟给他们都倒满了水,然后拿出了录音笔,问是否可以进行录音。李国祯先喝了口水,应了一声:"嗯。"

因为是代替死去的郭仁忠做采访,这也算是完成他的一个梦想,所以刘德伟和方文杰在来的路上已经想好了第一个问题——对于郭仁忠的看法,或者是其他一些关于他的事情。在这本以采访为蓝本的故事集中,他们首先要还原因死去而成名的作家,或许对于死去的他来说,这并不是什么好事,但是对于读者来说,就算他已经死去,他们也要更多地了解他,让自己的敬意或者崇拜的人更加立体,这是一件很好的事情,不单单通过一本他所写的书就能还原。

"其实我跟他并没有太多的交集。那时候我刚开始参加第一场比赛,他是其中的一名观众,那时候观众并不多。后来我比赛输了,虽然我明知道自己会输,但还是很失落,于是他邀请我喝了酒。也是这一家,那时候也是晚上,我们刚刚走过的路就是我们那天晚上走过的。他非要跟我打一场，你们也知道，我视为这是一种看不起我的表现，于是我们扭打在一起。他并不会一丁点搏击，所以我赢了，哪怕赢得并不光彩，但那的确是我第一次赢，虽然不是在赛场上。不过他并没有因此生气，任何生气的火焰在他眼睛里都寻不到。于是我们当晚还是来这里喝酒。我谈不上对他有什么评价，我自认为是一个失败的人，但他在喝酒的时候数次问过我是否真的热爱拳击。我说"是"，他没有问我为什么练习拳击，他也是第一个没有当面问我这个问题的人。但是他的确给过我一些信心，这信心也可能来源于我当时所尝试到的赢。大概就是这样。"李国祯说的时候有些悲伤。

方文杰说："赢的方法有很多种，对于郭忠仁来说，或许他的死也是一种赢，他的作品因此被更多人看到了，让更多的人了解到有这么一位作家，这是一件很了不起的事情吧。"

刘德伟点燃了一根烟，然后把打火机还有烟递给了李国祯，又问了一句："你为什么想去练习搏击呢？"

这时候菜在陆续上着，看着都是熟悉的家常菜色，刘德伟有些放心了。李国祯像是在回避他的问题，又像在思考，刘德伟想要打破这个僵局，就赶紧招呼他们吃菜。

李国祯这时候说了一句："如果我说我只是在一天下班路上想到我如果去练习拳击的话会怎么样就去了，你们觉得这是一种谎言吗？"

刘德伟想了一下，回答说："不会。"

李国祯说:"这样的回答我已经跟很多人说过,但是他们都不相信,觉得我一定有目的,但事实并不是这样,很多事情都比想象中的简单得多,我们只是想得过于复杂。一开始我的回答都是这一句'只是下班路上想到了而已',但是大家都不相信,我后来也开始质疑自己是不是在说谎,有些时候说出的真话被质疑过后反而要靠谎言来圆场。"

方文杰这时丢给阿仁两块骨头,然后说:"也许他们要的并不是真相,而是自己心中的答案而已。"

说完这句话,三个人、一只狗又进入了沉默时间。

这时候刘德伟和方文杰都意识到,采访所要做的第一件事就是了解所要采访的人,这样的采访才能算是完整的,但是郭忠仁已经死了,他提供的资料也不多,很多事情都只能硬上,车到山前必有路。

李国祯说:"对于MMA,我谈不上多么爱好,这种爱好还不如我对吃野味的,但是它带来的刺激是吃野味完全不能比的,MMA所带来的冲击还有疼痛都让我知道我是一个活生生的人,而不是一个在办公室里行尸走肉般的文员而已。虽然我一直输,但是我总会有赢的一天。"

他们两个异口同声地重复了李国祯的那句:"总会有赢的一天。"

这时候阿仁也叫了一声,也许是同样同意他的看法。

在夜晚的大排档，大家喝酒、聊天。食客中，学生们聊的是刚考完的试卷，或者刚从网吧打完的一盘游戏，也有一些人聊的是当红的电视剧，许久没见的旧相识聊的是回忆。但是聊拳击的并不多，夜晚很美，这是刘德伟第一次到南宁，方文杰也是如此。

已经是凌晨，但是聚在大排档的人似乎并没有要散去的意思，而刘德伟和方文杰的采访也在继续。

每个人都有自己的生活方式，在他们还有没向李国祯提出问题的时候，他继续聊着，生怕他们也会像其他人一样对他表示不理解。

李国祯说："或许每个人都渴望赢，但是对赢的方式或者赢的标准的认识不一样，对我来说，我只是选择了最简单的那种，可以立马分出胜负的那种，或许是我输过太多次的关系吧，或者不是，我只是单纯地想找一个自己认同的可能活下去的信仰而已。"

明明没有喝酒，他却表现得跟喝醉了一样。这和刘德伟和方文杰想象中的采访并不一样，于是他们干脆点了几瓶啤酒。

"干杯。"李国祯说。

"干杯。"刘德伟说。

"干杯。"方文杰说。

方文杰
2—5

在中学的很长一段时间里，方文杰都沉迷于武侠小说，不过比起金庸，他对于古龙笔下人物爱喝酒的脾性更是赞赏，还一直模仿《欢乐英雄》里的王动——动也不动，话也不爱多说——但是他在喝酒上怎么也不行，最终放弃了模仿。

"三分钟热度"就是所有认识方文杰的人对他的评价，除了他对烟的热度。读高中时，同学总会喊他下楼，说："我们去抽烟吧。"当时他刚看过周润发的电影《英雄本色》，觉得抽烟是一件特别酷的事情，于是这个坏习惯在很短的时间内就养成了，除此之外，对于其他事物的兴趣，他再也没有长期保持过。他小时候看到电影里弹钢琴特别好，于是闹着他爸爸给他买了架钢琴，但买回来后，他很少弹，而给他报的班，他也不怎么愿意去。对写小说也是如此。之前他总是说："我一定要好好学习如何写小说、如何当一名作家。"一开始他真的每天都练习，也在杂志上发表了几篇短文章，就此扬扬得意，说写小说是天赋："只要我写，就总能发表。"后来他就放弃了练习，时隔几年都没有再次发表一篇文章，连故事会里面的笑话都没有发表过一则。他终于意识到其实有天赋也应当努力，才会得到更好的结果，不然也会像小学课文所学的《伤仲永》一样，他也终于明白只有通过不停地练习才会更上一个台阶，但他再也没法动笔，整天坐在电脑前连开头都写不出来了。他想到了李国桢所说的赢，想着自己应该鼓起勇气。

酒越喝越暖，水越喝越寒，对于方文杰来说，事实恰好相反，两瓶啤酒下肚，即使在夏天也会冻得咬牙切齿，他连昨天是怎么回来的已经忘记了，他现在只是觉得口渴，很急切地找水喝。

他努力地回想昨天的采访。后来他们聊的好像主要是对MMA的一种技巧的探讨，他和刘德伟对此都不是很感兴趣，听得半懂不懂，但也都安静地听着李国桢说。万物都暗藏着哲学，而对于李国桢来说，搏击就是他的哲学吧。

方文杰拧开了酒店里的一瓶矿泉水，上面标价十块钱，旁边还有方便面和安全套以及一些护理液。他笑了一下，心想，这真的是一件很好玩的事情，谁会在标间做爱呢？

喝完水，他的头还是无比剧痛，像两头熊在互相撕扯着一只可怜的小鹿，又像两块磁铁的正负极对碰，因此他难受得要命。

他想打开电视看看，借助电视的声音分散对头疼的注意力，但是一旁的刘德伟还在睡觉，方文杰怕吵醒他，就没有打开电视。不管是在家还是在外面，他都喜欢开着电视机，只是听着电视机的声音，有时候播放的是一些奇怪的购物广告，他也不换频道，电视对他来说，就是在陌生地方好友的陪伴，有时候只要听着背景音乐就能有家的感觉。

他把窗帘拉开了一道缝，看着拂晓时分的天空。清洁工已经在外面打扫街道，街道两旁种着棕榈树。他之前没有见过，以为那是椰子树，还问过刘德伟什么时候能结椰子。当时刘德伟笑了笑，跟他说，这是不同的品种，这只是一种风景树，在两广地区还有海南都有，而这种树的好处就是不会结大型椰果，不会因此导致事故。晨光照着那一排排棕榈树，美得不成样子。

他担心阳光照到房间里会影响刘德伟睡觉，于是又把窗帘拉好，坐到桌子前，点燃了一根香烟，想着下一站的采访要注意点什么。但是因为头疼的关系，他脑子里一片空白。

关于这次采访，他知道，自己只是想找一个能够动笔的理由，就如郭忠仁跟他说的"你要先写，旅程总是会改变"，他也很深刻地明白，不能只是待在家里闭门造车，应该多去外面看看，多接触一些不一样的人，见识不一样的风景，吃不一样的美食，只有通过不一样，才能写得好更不一样的作品。虽说也是带着私心，但他还是很感谢郭忠仁，想着这次无论如何也要帮他把未完成的遗愿清单完成，至少这对他来说，也算尽到了一份作为朋友的责任。

他想了一下这两三天的旅程，刘德伟算是一个还不错的人，在一些方面也对他颇为照顾，但是他从不会表现出对他的感激，觉得男人之间这样就可以，所有的感谢都在酒里，若真是如此，那倒还好，可他连喝酒也不会。

他开始想着昨天是怎么回来的，好像是被刘德伟扶着回来的，在路上他吐了一地，刘德伟拍着他的背，给他递了纸巾，每走一步都跟他说"慢点，慢点"，再后来，他就完全不记得了。

刘德伟正在熟睡，但似乎说了一句什么梦话，方文杰没有听清，还是想回应一下，说了声"怎么了"，但并没有得到回应。然后他寻找阿仁，发现它正安静地躺在角落里。

方文杰再次躺下来，空调调的是二十五度，他觉得有些冷，本想关了，但担心刘德伟会觉得热，于是盖上了被子，他总是喜欢盖着被子吹空调，这会得到不一样的感受。

两个男人、一只狗，在城市便宜的酒店里，这样的场景和方文杰想象中的公路旅程完全不一样，跟他所看的公路电影也完全不一样。电影里，香车美女，傍晚的夕阳很美，车行驶得很慢，聊的是文学、音乐、电影，路上的乐趣远抵得过旅程的疲惫。但是他们现在的旅程完全是规划好的，两个人几乎都不怎么多说话，更别提聊文学、音乐、电影了。

现实跟想象中的总是不太一样，不管哪方面都是如此。但是，不管怎么样，已经踏上旅程就没有回头路。虽然现实跟想象中的不一样，但他们也获得了不一样的感受，方文杰对后面的旅程还是很期待的。

第三部分

寻找以及其他故事

刘德伟
1—6

吃完午饭，刘德伟起身结了账，到旁边的便利店买了几包烟，回到车里。方文杰早已发动汽车开着空调等候，他原以为会有粉丝过来要签名还有合影，毕竟现在郭仁忠的书卖得越来越好。事实上并没有粉丝前来，这让他有点失望。他没有想到的是，也许所有看到车身广告的人只是单纯地觉得这只是一个广告而已，并没有别的意图。刘德伟打开车门，把烟蒂丢在车前，叫方文杰系好安全带，随后他自己也系好。从南宁到丽江的路途有些远，他们必须保证安全。

根据导航的显示，南宁到丽江有840多公里，如果不间断行驶的话，要九个小时左右，好在现在不是春节或其他的节日，所以没有堵车的风险。车行驶了二十多分钟，刘德伟开口打破了沉默，问方文杰要不要先休息一下，待会儿在汕昆高速上的休息点换他开。

方文杰还没有完全醒透,说了一声"好",于是解开安全带,从驾驶座往后座爬,虽然他并不胖,但由于长得较高,行动起来显得有些笨拙,好在最后还是成功地爬了过去。

此时阿仁正在后座熟睡,方文杰小心翼翼地挪了一下它,他想要像婴儿一样全身缩着睡,但由于身高的关系,他并没有如愿。刘德伟通过后视镜看着后面,哈哈大笑。然后车继续行驶。

两个人的旅程本来就是一个互诉心事的过程,但是他们两个并没有如此。也许这归因于他们两个人并不熟悉。刘德伟觉得人和人的交往是相互的,像之前在公司跟同事谈论文学方面的各种东西,或新闻上的一些热点,不过是满足于自己的存在感。但是眼下这两个人的旅程不会有"存在感"这种词存在,因为说与不说,他们就在那里。对刘德伟来说,能别说的就别说,他没有任何可抱怨的事情,生活本身就是不太有趣,他的欲望也不是很多,他对很多事都是无所谓的态度,从小到大,一直如此。

"要听歌吗?"刘德伟问。

方文杰说:"什么歌?"

刘德伟说:"什么歌都可以,手机可以连上汽车音响,你想听什么歌就放。"

方文杰说:"那你来一首鲍勃·迪伦的吧,他的歌我都喜欢,这不他刚得了诺贝尔文学奖嘛,可以听听,他拍的电影我也喜欢。"

刘德伟问:"他还拍过电影啊?"

方文杰眼睛得奇大，说："啊，他拍的电影你都没看过啊？欧洲爱情三部曲《午夜巴塞罗那》《午夜巴黎》《爱在罗马》很有名啊，我个人最喜欢的是《午夜巴黎》这部。我在想，如果我可以回到一个黄金时代的话，那么我一定要去电影里那个时代的巴黎，那时的巴黎多美好啊，有毕加索，有海明威，有菲茨杰拉德，不管是在文化还是艺术方面，那都是我心目中的黄金时代。"

刘德伟说："哦，你说的是伍迪·艾伦。"

比谎言被揭穿更惨的就是自以为的知识点遭到反驳，方文杰显得有些尴尬，但还是回了一句："那可能是我记错了。"然后要了一根烟想要打破尴尬的局面。

高速公路上的景色并不美，两个人、一只狗窝在狭小的空间里，滋味并不好受。以前刚学会开车的时候，刘德伟每次出行都要抢着开车，就是为了过把车瘾，但是并不是所有的瘾都会越来越大，对于开车这件事，他就是如此，不到迫不得已，他都不愿意坐在驾驶位上。这时候车里飘来了一股奇怪的气味，这种味道每一辆出租车里都有，像有人吐在了里面。刘德伟把头扭了过去，发现方文杰并没有吐。方文杰推了推阿仁，打开车窗，对着阿仁说："畜生就是畜生，放屁都不知道先汪一下。"阿仁醒来汪了一声，表示抗议。刘德伟看着方文杰有些红的脸，哈哈大笑起来，这时方文杰的脸更红了。刘德伟赶紧补上了一句："对，畜生就是畜生。"

但不知道为什么，方文杰的脸比刚才红得更厉害了。

生活中有一些误会或者其他东西，总能制造出一些令人印象深刻的时刻，也许是美好的，也许是尴尬的，总会让人不自觉地想起，而想起的时候也并没有发现这些时刻有任何的意义，也许这就是生活中最大的意义。

车到达汕昆高速休息站的时候已经是晚上八点，离终点还有三个多小时车程。方文杰为了避嫌，带着阿仁去了草丛中。刘德伟给车加满了油，把车开到一旁，然后去洗手间撒了泡尿，在旁边抽了根烟。有时候要看什么时候抽烟才能达到他刚学习开车时那种瘾，比如，一天清晨醒来时，比如，刚完成一件很复杂的工作而有空闲的时候，再如他刚刚开了六个多小时的车而停下来歇息的时候。

他走到垃圾桶旁边把烟掐灭了，然后走回车里。而此时方文杰已经带着阿仁在车门前等待，方文杰还喝着刚买的冰可乐，为了证明那个屁不是自己放的，他开口的第一句话是："你知道吗，刚才阿仁拉了好大的一坨屎，我从来没见过狗拉那么多，真的比刚才车里面的味道还要臭好几倍，以后我们不能让它吃其他东西了，最好只吃狗粮。"

刘德伟不知道应该回应点什么，所以只是说了声"好"，就把车锁打开，把钥匙递给了方文杰，接着接过阿仁的绳子，把后车门拉开，把它放了上去，然后自己也坐了上去，关上了门。

方文杰
2—6

自从高中毕业后，每到夏天，方文杰都会开车回老家看夕阳，同时数一下每天下午两点半经过的火车，但火车并不是每次都那么准时，有时晚点到三点，但总的来说，火车还是靠谱的。他老家就在铁道边。后来由于铁道的扩张，大家都往城里搬，所以他回去也不会碰见发小儿或邻居大婶，这对他来说是一件好事，因为他也不太喜欢跟他们打招呼，不太习惯被大婶们嘘寒问暖。

对于家乡的回忆，总是有好的，有坏的，而他记起的大部分都是坏的。读五六年级时，他和几个发小儿，也是当时的同班同学，总是在家里数火车。他们都说是二十一节车厢，但方文杰每次数的都是二十二节，然后老被嘲笑，说他连火车车厢都数不过来。尊严，也许人越长大就对此越没有感觉，可以说，小学生的自尊心是最强烈的，这也导致后来方文杰每个夏天都借着看故乡的夕阳的名义回去数火车的车厢数。虽然周围的火车站已经变化巨大，扩建了很多，也变得更美，跟时代更加接轨，但是他所要数的那辆火车的车厢数并没有变。后来他跟那些发小儿都失去了联系，再也没有机会见他们一面，再让他们一起为此聚集在儿时的铁道旁边一起数火车车厢，对于他来说，有些观点，自己得到证明就好，并不需要别人的认可。

　　凡事都有两面，所以他对家乡的回忆也有好的地方，那是关于他的奶奶。小时候，他总是跟在奶奶的身后，有时候会沿着铁路捡煤渣回家烧水。他并不是一个热爱劳动的人，对家庭也不是从小就有服务的精神，只是小时候跟着奶奶，奶奶会给他讲故事。虽然后来他想起那些故事觉得逻辑有很多的不通之处，但是当时年纪小，他听得津津有味。有一个吓唬小孩的童话，但年代已经久远，他记得模模糊糊的，这是他心里一个小小的阴影。他有时候想要回家去叫他奶奶重新讲述一下那个故事，但每次想到这里的时候才反应过来奶奶早已经去世多年，他也多次寻求过书本的验证，试图找出这个故事是否出于哪本书，不管多少吓人的故事，再听一遍就不会老是想起，清晰的记忆远比模糊的不常被惦记。但是在大学的时候，他翻了图书馆里面所有民间故事书，里面都没有记载。

　　每个人都对家里面的某个人心生过崇拜，被崇拜的大都是父亲，但是也有少数人崇拜的是母亲，更少数的人崇拜的是爷爷奶奶或者外公外婆。而方文杰更崇拜的是奶奶，准确地说，是她所说的故事。他奶奶目不识丁，连自己的名字也不会写，但是说起故事像博览过群书一样，对小孩子的吸引力无疑比刚买的玩具还要大。但是再强大的人也会有死的一天，也会有故事枯竭的一天，在他六年级的时候，他再次要求奶奶给他讲一个故事，作为自己的新年礼物，但是他奶奶连续讲了好几个故事的开头，他都表示听过了。那时候他奶奶说："我所有的故事都给你讲完了，你要多看点书，所有的故事都能在书本里面寻到。"后来这番话导致他真的开始去看各种各样的书，而他奶奶讲过的故事也在各种各样的民间故事集或者童话书里面看到，这也导致他对文学产生了一定的兴趣。

那年新年，除了奶奶的故事算是完结以外，还发生了另外一件事情，多年过去了，他一直记得。

那时候他们已经搬到城里的新家，但是他奶奶还是把自己结婚时的衣柜带了过去，跟新家格格不入。那一年方文杰收到了一百三十六元的压岁钱，对于那时候的他来说，这无疑是一笔巨款，他赶紧藏在奶奶的衣柜里。过年期间看到邻居买了玩具枪，他就赶紧回家翻衣柜，试图翻出那些钱。但他把所有的衣服都翻了出来，也没有找到，虽然他爸爸给他压岁钱的时候跟他说，"已经六年级了，已经是男子汉了，不准哭"，但他还是哭了。他跑去问了他的哥哥，问是不是他偷了钱。他哥哥说没有。他跑去问了他的妈妈，问是不是拿了他的钱。他妈妈也说没有。他奶奶站了出来，说是自己拿的，问他是多少钱，然后十元、二十元地给他凑够了那一百三十六元钱。他那时候虽然知道一定不是奶奶拿的，但也没有说话，因为他的钱里有一张一百元，而不是一张张十元、二十元的。后来他长大了，还对此事念念不忘，每次回家的时候都会重新翻开那个衣柜，等待奇迹发生，但是奇迹从未发生，如果发生，也不会发生在希望奇迹发生的人身上，因为希望发生奇迹往往代表希望渺茫。

方文杰奶奶去世那天是一个台风天，他回去的时候，他奶奶已经说不出话，但却紧紧地握着他的手。他眼泪如注，想要说几句让奶奶放心的话，但是不知道应该说什么好，用方言说着自己在书本上看到的故事，但发现自己怎么复述都没有奶奶讲的那么完整、生动。

他奶奶去世后，家里有关她的东西他父亲都想要丢掉，轮到柜子的时候，方文杰想起了里面的一百三十六块钱，便说："爸，留着吧，留个念想。"

如果他们不窝在车里的话，那么一定可以看到满天的星星。旅程虽然能得到一些东西，但也会失去一些东西。方文杰点燃了一根烟，打开了窗，后座的刘德伟已经睡着了。虽然车行驶在高速上，但方文杰开得并不快，旁边的几辆吉普越野车不断地超车，他还是不慌不忙地开着。

本来十一点多就可以到达丽江，但是由于车速过慢，结果他们比原计划晚了一个多小时，十二点多才到。方文杰导航到了一家酒店，推醒了后座的刘德伟，把车停好，然后带着阿仁还有行李到了酒店的大堂。

这家酒店是三星级的，但大堂里安置着一座假山和喷泉，假山旁边种满了假的绿植，休息处的沙发像夜总会里那种皮制的，但已经老旧，挂顶的吊灯很是华丽，总体的搭配没能掩盖住整个酒店乡土的气息。刘德伟拖着行李在沙发上坐了下来，方文杰去办理入住手续。

方文杰抱着阿仁，因为近视，他只能眯着眼看广告牌上所显示的房间价位，虽然这家酒店的装修风格趋向五星级，但房间价格说明了一切，并不是很贵，于是他开口说："我们要大床房。"

服务员说："先生，好的。要一间还是两间，如果你们要一间的话，那么可以试试我们的水床房哟，给你们的炙热降点温哟，价格很划算。"

"两间。"方文杰简单的一句话就击碎了一看就是"腐女"的服务员的幻想。

方文杰付了房费和押金，领到了房卡，然后又眯着眼睛看了一下时间。服务员以为他在看她，脸红了一下。方文杰冲她笑了笑，递了一张房卡给刘德伟。刘德伟拖着行李箱，跟着方文杰走进了电梯。电梯并不是很大，贴着很多色情广告。刘德伟指着其中一张广告上的头像说："这不是苍井空吗，这不是明摆着欺骗人吗？"

"你看过AV吗？"刘德伟突然问了一句。

方文杰说："看过啊，怎么了？"

刘德伟说："那你看过跟封面一样显现出来的吗？"

方文杰说："倒也没有。"

刘德伟说："那你还看吗？"

方文杰说："有时候吧，看情况。"

刘德伟说："什么情况啊？"

方文杰说："就是如果没有找到别的，或者网络不好，只下到一部的话也只能看下去啊。"

刘德伟说："广告嘛，不就得这样嘛。"

方文杰说："你在偷换概念，但那至少是一个人啊，这怎么可能是一个人？"

这时候电梯的门开了，到了他们所要到达的五楼。他们出去的时候，还在很激烈地就此事继续讨论，完全没有看到有一个人走进了电梯，镜子上的那张脸，恰是他们所讨论的那个人，她跟照片上的人一模一样。

旅途嘛，总有错过的时候。

不过，他们的讨论因为到了房间门口而结束了。方文杰住在8511，而刘德伟住在8512，两个人各自回了房间，对于第二天的采访，完全忘了攻略。但是他们已经联系上受访者，约好了当天傍晚见面。这次所要采访的对象是一个司机，他们所了解的只是这些资料，没有过多深入地追问，他们觉得，如果什么都能够在线上说完，这场旅程就没有任何意义了。

他们约好了第二天下午三点一起出门。他们回到各自房间的时候已经是凌晨一点半。

李文豪

4—1

　　李文豪把车停在路边，摘下了墨镜，透过后视镜看了一眼车上的乘客——白衬衣，短发染成亮丽的亚麻色，脸上浮现着惹人喜欢的微笑，长得很好看。她把钱递给他的时候说了声"谢谢"。此时已经是后半夜两点。他找了零钱，发票吱吱吱地打了几秒，虽然现在已经习惯这种声音，但他远远谈不上喜欢。他把零钱和发票凑齐，看了一眼自己贴在副驾驶座前面的寻人启事，然后转头把发票和零钱一起递给她，说："这么晚了注意安全。"女孩又回答了一句"谢谢"，打开车门，下了车。

　　丽江很美，但是他从没到丽江古城、玉龙雪山这些景区玩过，每次有乘客咨询哪里好玩的时候，他都会说这几个地方，别人再次细问起攻略的时候，他都没有具体回答过。对于丽江，他很熟悉，又很陌生，熟悉的是每一条路，而陌生的是人。他已经来这座城市一年半了，每天坐他的车的人不少，但大多是游客，没有固定的客源，所以几乎每天出现在他生活中的都是过客，大多连名字都不知道。

他的女儿失踪了，听说是来了丽江，当了妓女，这是他来丽江的理由。很多人为了另一个人去一座陌生的城市，其中大多数都是出于爱情，而李文豪则是为了自己的女儿。都说女儿是父亲前世的情人，那李文豪勉强算大多数中的一个。

而他女儿当妓女的消息是一个同事告诉他的，当时大家在聚餐，那个同事说在丽江旅行的时候在一家酒吧里碰见过他女儿，她连包夜、全套这些术语都说得有模有样的。当时李文豪的酒杯刚倒满，他直接将酒泼到那个同事的脸上，两个人当场扭打在一块儿，聚餐也就不欢而散。之后那个同事虽然没有在他面前再提起这件事，但却在背后嚼舌根，这件事也就越传越像是真的，仿佛他说的就是真相。

女儿出生那年，他刚博士毕业不久，那段时间正好是他人生中比较忙碌的一年。在她一岁生日的时候，他写了一封很长很长的信给她，希望她将来能够过上快乐的生活，但仅写一封信而很少陪伴并不能成为一个好的父亲。

在他女儿大二暑假回家时，她告诉他，她在学校受到了欺负，而欺负她的是她的男朋友。对于她男朋友，她只是用"满口谎言"来评价，说再也不相信爱情。他当时发誓要为自己女儿讨回公道。但由于当时是暑期，他联系不上那个男生，这事也就不了了之，他用了好几天的时间来安慰自己的女儿。想到在女儿小的时候都没有时间好好陪她,他就特意抽出几天时间,安排好公司里的一些工作,陪着女儿逛了几天,还去了一趟游乐场。后来女儿的状态好转了,他也了解到其实她所谓的骗也不过是这个男生在追求她的时候——她正准备回应——国外的学校申请下来了,而去国外念书了而已,他就没有太在意。

他女儿状态好转后,对他表示真正的爱情总会到来,然后对他表示感谢,说是因为他才再次相信爱情。

也就是在那个时候,他跟妻子正在办离婚手续,在让女儿选择跟谁的时候,女儿失踪了,只留了一张纸,说谁也不跟,而她刚刚建立的爱情观,又被他打破了。一开始他也没把这当回事,总是想着女儿过几天就会回来,谁知一直等了一周都没有女儿的音信,夫妻俩这才开始着急。他们以失踪案报了警,但由于女儿已经成年,而且他们没有其他证据证明她有可能被拐卖或者被绑架,警察那边只能就此事做了备案,没有过多去展开调查。

虽然李文豪一直坚信以自己的教育方式——谈不上有多少的陪伴,但他毕竟是高级知识分子,他一直相信自己教育出来的女儿不会选择当妓女,但是后来他一直没有寻找到女儿。他在网上查看了很多关于拐卖成年女性的论文,不禁开始有些担忧,最后不得不辞职,把没有完成的工作做了交接,一个人去了那个同事所说的丽江的那家酒吧。但是他等了几个晚上都没有遇到女儿,偶尔有漂亮的女生跟他搭讪,证明那个同事除了可能认错人以外,他在其他的地方并没有撒谎。

除了那个同事所说的那家酒吧，附近的其他酒吧李文豪都寻找过，但是都没有收获。

想到这样找下去也不是方法，他成了一名出租车司机，在车上的每个座位前面都贴一张自己女儿的照片，想着这样自己的每一个客户都相当于一个眼线，能够提高找回女儿的概率。但是现在已经过了一年多，他依旧没有找到女儿，很多客人留过他的电话，说如果发现了一定会给他打电话，但他的电话很少响起，而响起的时候并没有一次是好消息。

他也曾寻找媒体帮忙，但是对于"妓女"这个词他一直没有说出口，只是说自己的女儿失踪了，想要他们帮忙写些新闻特稿以引起关注。但是媒体方面大都觉得这只是一个简单的离家出走的案子，没有任何的爆点，所以没有一家媒体愿意帮忙。

而唯一理他的是一名作家，名字叫郭忠仁，他说自己要写一本书，采访一些人，把他寻找女儿的故事写出来，到时候应该能引起一些关注。他前几天听广播时听到郭忠仁在采访路上因车祸去世了，虽然广播里面也提到他的作品因此得到了更多读者的认可，但对李文豪来说，这并不是一个好消息，这相当于自己刚刚握有的一根救命稻草也被无情的车祸抢夺了。

在当出租车司机这些日子里，李文豪遇到过不少人，由于他开的是夜班车，所以乘客大都是一些喝醉酒的人，其中有些会吐在车上，连忙说"对不起"；有些会说"师傅，停一下"，然后在路边吐个不停。对于他女儿的照片，大多数客人都会先赞赏几句"真好看"，然后补上一句"可惜"。每个问过的人都信誓旦旦，说一定帮忙找到，但是已经过去一年半了，没有一个人能够找到。

很多出租车司机都特别多话，几乎上知天文，下知地理，从钓鱼台到港澳台，再到中东局势，无所不谈，但李文豪不会，他话很少，而遇到话多的乘客时只会简单回应两句，相当于相声当中的捧哏，这一年半他什么样的人都遇到过，他甚至想好了，如果把女儿寻找回来的话，那么自己完全可以写一本书，就写那些深夜乘客的故事，就像日本安倍夜郎的《深夜食堂》那样。

有的人号称自己是杀手，然后不停地抱怨行业的辛苦，说什么杀手没有假期，没有五险一金。当李文豪问他是否是去执行任务时，这个人回应说："不是，是要去参加小学同学的聚会。"这让他想起王家卫电影《堕落天使》里面的一句台词："每个人都有过去，就算你是一个杀手，也会有小学同学。"类似的人还有很多，但是现在他想要的并不是立马成为一个作家，而是赶紧找回自己的女儿，这个摆在眼前的问题才是最重要的。

在李文豪想停下车吃碗面的时候，电话响了，每次电话响起，他的希望都会增加那么一点点，但每次接听过后，失望却增加一大截。

这次的电话谈不上失望，也谈不上是多好的消息，是郭忠仁的编辑刘德伟打过来的。刘德伟说，虽然郭忠仁去世了，但是他的采访还在继续,那个编辑想约一个时间,大家坐下来聊一下,好让他们的采访得以进行下去。李文豪想到,这样也好,也许能很快地寻回女儿,便约了他们第二天晚上见面。

刘德伟

1—7

进房间之前,刘德伟先敲了几下房门,然后用房卡刷了一下,推门进去。住酒店要先敲门这个规矩是他奶奶跟他说的,说房间里会有不干净的东西,像妖怪、鬼,要先敲门让其离开。之前他一直不相信这回事,毕竟他也算是受过高等教育的人,不会相信鬼神之说,但有一次他不小心开错了房门,恰好遇见一群人在进行一项只能两人进行、多人算违法的活动。当时他推门进去,那群人以为警察来了,吓得赶紧穿上衣服,但发现只有刘德伟一个人的时候就进行了质问,得知他不是警察后都松了一口气,但气氛也很尴尬。虽然刘德伟当时连忙抱歉,但还是被拖了进去,被扇了一巴掌,当作那几个人受惊吓的补偿。其中一个四十来岁的中年人还说要是以后出问题了就找他算账,并留下了他的电话号码,但是好在那个人一直没有打电话过来。

他回到房间里越想越不对,于是打电话报了警,但是隔壁客人已经退了房间，人去房空。

从那时候起，他才明白奶奶说进门之前要敲几下的原因，虽然是迷信，但也有一定的道理。

也是从那时候起，他开始有了住酒店就先敲几下门再进去的习惯。

房间不大，明明是三星级的酒店，却要伪装得像五星级，要是勉强一下装成四星级的还好，但是伪装得太土气了，这反倒有点像他家里的感觉，他觉得，不管是从床、地毯、沙发还是浴室来看，都很符合他父亲的审美，但好在窗外的风景不错，可以看到前台小妹说的那条酒吧街，但离得也有一段距离，所以不是很吵。

他把背包放下，找出了沐浴露和换洗的衣服，刚想去洗澡时，有人敲了几下房门。他原以为是方文杰有什么东西落在自己这里了，于是掏了一下口袋，发现什么都没有。这时候从房门下面塞进来几张小卡片，里面的广告语写着：

本会所长期推出特色保健，有清纯大学生，白领丽人，模特，丰满少妇，护士，真诚为您服务。

下面还有一首诗：

卡在手中留

朋友睡不着

凌晨若寂寞

电话一打通

美女到房中

还附上了一张刚才他们在电梯里面看到的苍井空的照片，然后就是联系电话。

刘德伟想着，这文案能力不错，要是做出版的话应该不至于像自己一样惨，他本来想打电话把人叫过来问一下那人是否愿意跟自己回北京做编辑，但又想到隔壁方文杰要是听到的话一定会笑话自己叫小姐，要是知道他是想劝人回去做编辑的话会笑得更厉害，又想到自己已经过了劝小姐从良的年纪或者还没有到那个岁数，就把卡片丢在垃圾桶里面了。之后他在沙发上坐了一会儿，就去浴室里面洗澡了。

洗澡的时候，他想起了郭忠仁，不知道他一个人的旅程会是怎么样的，又想起了他们刚认识那会儿。当时，他在《上海文学》上看到郭忠仁的文章才想找他，看那篇文章时，他还在读大学。他记得那篇文章并不是很长，五千多字的短篇，故事情节已经忘得差不多了，但是他觉得很好。后来刚做编辑，他想到的第一个人就是郭忠仁，就赶紧在微博上找到了他，给他发了私信，但是久未收到回复。半年后他才收到郭忠仁的回复，说他的微博许久没有发表东西，反正也没几个粉丝，就没有上过，然后问是否现在还可以投稿。两个人都被彼此的热情给感动坏了，一见如故，但销量也并不是光有一腔热血就能起来的。

刘德伟一想到现在已和郭忠仁天人永隔就很难受。他在洗澡的时候给自己做了一道选择题——郭忠仁死，他的作品大放异彩，和他并没有死而作品没有什么反响，他更想要哪个？他想了一下，发现竟做不出来。作为朋友，他觉得郭忠仁的作品随着时间的沉淀，终究会得到认可，但是他又想到，现在一年里中国本土原创的小说就数以万计，还不说国外引进的文学作品，所以郭忠仁的书也有可能最后被化浆。

但是人已经死了，没有其他选择，好在郭忠仁终于得到认可，要是他死后他的作品还是反响平平，那才是最坏的结果。

刘德伟关了水龙头，收回了思绪，回到房间里，已经是凌晨两点半。他们跟受访人约的是第二天晚上八点，所以他可以睡很长很长的觉。夏天是最适合睡觉的，如果再下点雨就好了。但并非事事如他所愿，雨没有下，他把空调调成了二十六度，闭上眼睛数数，想办法早些入睡，但是他脑子里面浮现的大多是李国祯打拳时倒计时数数的画面，所以他改成了数羊。

在之前很长的一段失眠史里，他每次数羊的时候都幻想出一大群羊在草原里，然后给羊设置一道栏杆，跨过栏杆的才算数，但是每次总有羊跨不过去，所以他又得重新开始。后来他跟当时的女朋友说起这件事，他女朋友当时愣了一下，说："那你为什么不把栏杆撤掉，画上白线直接当起跑线呢？"从那时候起，他的睡眠好了许多。

或许这就是换一个思维，海阔天空吧。

第二天醒来已经是傍晚了，刘德伟拉开窗帘，打开窗。微风袭来，他看了一眼窗外，白天的酒吧街没了霓虹灯的照射，像女生拍照没开启美颜功能，酒吧的招牌显得一点美感都没有。他点燃了一根烟，但由于空腹，他觉得有些恶心，便赶快掐灭了，用水淋湿，丢进了垃圾桶。

他洗了脸，刷了牙，饿意来袭，他想着要是能有一块面包就好了。这是他看村上春树的《袭击面包店》所产生的后遗症，每次饿的时候他都会想到面包，但是每次吃都不觉得面包如期待般好吃，也许是因为他的面包不是跟那篇小说主角的面包一样是抢来的。

他想着这时候方文杰应该已经起床了，于是去他门前敲了几声。方文杰开了门，把沙发上的衣服收了一下，示意刘德伟坐，电视还和往常一样开着。这次播着古龙新版的《天涯明月刀》，是钟汉良演的，刘德伟之前看过一两集，觉得不是很好看。但是他又怀疑是自己的审美出现了偏差，非要找个人来确认一下，就像看电影一定要先看看"豆瓣"怎么评价才行。

刘德伟说："好看吗？"

方文杰有点惊讶地问:"啊?"

刘德伟说:"《天涯明月刀》。"

方文杰说:"好看啊,我看了四集,很喜欢,之前看过评论说古龙写这本小说的时候模仿了《教父》的框架,我没看过古龙的这部小说,但是《教父》三部曲我都看过,两者是有一点点像,但可能也跟剧本改编有关系。"

刘德伟说:"《教父》我也喜欢,没有看过小说,但电影真的不错。"

方文杰说:"那你可以去看看小说,小说远比电影精彩。"

刘德伟说:"好,有空就去看。"

方文杰说:"你先喂一下阿仁,我先去洗个澡,然后我们再出门去找点吃的。我们是先吃饭再去找那个受访的司机吗,还是到时候一起吃饭?"

刘德伟说:"都可以,你先洗澡吧。"

方文杰说:"好。"

刘德伟给阿仁喂了狗粮,阿仁不停地摇尾巴,吃得很开心。刘德伟竟有一股尝试一下狗粮是什么味道的冲动,但是他克制住了,然后坐在沙发上看起了《天涯明月刀》。

方文杰
2—7

冷水从莲蓬里头淋了下来,方文杰才觉得自己从睡梦中醒过来了。

他昨天做了个梦,但是具体是什么梦,他已经忘得差不多了,之前开始写东西的时候他总会在床头放一支笔和一个记事本,把梦中的内容写下来。他的梦有时候很离奇,有时候很滑稽,他偶尔也做春梦,但是洗完内裤就会把梦忘得差不多,所以他的笔记本里面很少会记录类似的梦,虽然是私人的笔记本,不会让任何人翻阅,但是他还是觉得这样不是很好。

后来,也不知道是从笔记本写满那天开始还是他翻阅完发现并没有可用的素材开始,他就再没有写过笔记,养成一个习惯很难,但放弃一个习惯易如反掌。

关于昨天的梦,他没有再去努力地想,因为怎么想都是空白一片。洗发水的泡沫不小心冲到了他的眼睛里,他迫切地睁开眼睛想要清洗干净，最后眼睛能够勉强睁开，但是他在照镜子的时候发现眼睛通红，他不知道是昨天没睡好的关系还是洗发水的关系。

方文杰披着浴巾出了浴室。刘德伟正在逗阿仁玩。

方文杰换好了衣服，上衣是一件白色带有《低俗小说》海报图案的T恤，下衣是一件蓝色的牛仔裤，还有一双看起来已经有段时间没有洗的高帮经典款帆布鞋。

刘德伟说："你的鞋应该洗洗，已经这么脏了。"

方文杰说："这是时尚，西方的摇滚乐队，尤其是嬉皮士那些人，都还要挑最脏的穿呢。"

刘德伟说："哦，那可能是我不太懂时尚。"然后接着说，"你弄好了吗？我们出门吧，先去吃饭。我们这次采访的是一位出租车司机，昨天打过电话了，应该是关于他寻找女儿的故事。我们到时候可以不用开车，让他来接我们就行，我们总是要体验一下这些被采访者的生活嘛，这样才能够更深入地了解他们，到时候写起文章来就会比较真实。"

方文杰说："好，但是体验的话，他们的生意还能做吗？"

刘德伟说："应该还可以吧，那就只接拼车的单好了啊。"

方文杰说："也行。"

两人下了楼。刘德伟去办了续住手续，服务员冲他笑笑问是否住得满意。他嗯了一声，不知道接下来应该说些什么。

服务员紧接着问:"昨天有没有去酒吧?那条街上调的酒都不错,值得一去。"

刘德伟说:"还没有,昨天很早就睡了。"

服务员本来还想介绍一下酒吧的什么酒比较好,但刘德伟显得有些烦躁,服务员也就没有再把话接下去,拿了房卡,重新刷了一下,补了磁,然后双手递给他。

刘德伟说了声"谢谢",转身离开。

方文杰在门口等他,但谁也不知道应该去哪里吃饭、去吃什么。他们本想直接在附近找个吃饭的地方,但是方文杰看到车有些脏,郭忠仁的脸因为沾了泥土而显得不太清楚,他觉得这有损这场旅行的形象,于是提议先去洗车,再挑一个地方吃饭。

刘德伟接受了这个建议,打开了车门,用地图查了一下附近的洗车店,与此同时,方文杰在找吃的地方。白天的丽江很美,两个人都没有来过。他们看着两边的街道,没有开空调,而是打开了车窗,看着两旁的树,那些背包客跟电影里电视里的并不是太一样,这很像方文杰以前在笔记本里记的一个梦。

到了洗车店,他们下了车,把钥匙递给店员,说晚上才会过来取。店员说"好",然后指着郭忠仁问这个人是不是一个明星。两个人不知道怎么回答,你看着我,我看着你,莞尔一笑。

最后还是店员盯着车看了许久,打破了沉默,说:"哦,原来是个作家。"

《舌尖上的中国》提过很多道云南美食,刘德伟和方文杰抱着很大的希望走进了一家云南菜馆,觉得这家应该是比较正宗的,但是点了几道菜,他们才发现没有一道是他们喜欢吃的。他们本来想去另一家试试——对一个地方的印象有时就是因为一道菜,或者因为一个人,他们不想就此对丽江留下不好的印象,但是又想到临近与李文豪约定的时间,于是没有换地方。

方文杰说:"这里的云南菜都没有我在南京吃的云南菜正宗呢。"

刘德伟说:"应该还是这里的更正宗一些,你吃你们那儿的好吃,是因为那都是改良后的,不那么酸,更符合你们那边人的口味嘛,我在北京吃的也是一样。"

方文杰说:"有道理。"

在他们即将结束这顿饭的时候,服务员送来了餐后水果,他们吃完觉得很不错,于是对其大为赞赏。服务员听了,呵呵地笑,连说了几句谢谢,但是她并不知道他们赞赏的只是水果而已。

方文杰结了账,开好了发票,两个人便出了门。

服务员说:"谢谢惠顾,欢迎下次光临。"

此时李文豪还没过来,方文杰点燃了一根烟,然后把火和烟一同递给了刘德伟。刘德伟接了过来,也点燃了一根,两个人就默不作声地在路边等着。

丽江的夏天并不像其他地方那样炎热,微风袭来,带走了刚才那顿饭引起的愁意。

街道两边车来车往，有个小孩在他们面前摔倒了，方文杰赶紧过去把孩子扶了起来。小孩的妈妈接过孩子，对孩子说："赶紧跟叔叔说谢谢。"小孩奶声奶气地说了句："谢谢叔叔。"

方文杰说："不用谢。"

但待小孩子跟他的妈妈远离直至看不见的时候，他突然开口问刘德伟："是不是我们都到了做叔叔的年纪？"

刘德伟说："也许吧，我不知道。"

这时候一辆出租车停了下来，李文豪穿着一件白色的衬衣、黑色的西裤，虽然时光乱棍从他身上打过，但他的身材保持得很好。

李文豪一下车就道歉，说："真不好意思，刚才路上有些堵。"

刘德伟说："没关系，丽江也堵车吗？"

李文豪说："有时候会。你是刘德伟？"

刘德伟说："对，我是。"

李文豪说："那你是方文杰了？"

方文杰说："对，叔叔，你好。"

说完，他有些后悔，然后小声地跟刘德伟说："叫叔叔对不对啊？"

刘德伟被他逗乐了，说："没关系。"

李文豪
4—2

赶去跟刘德伟和方文杰见面的时候,李文豪车上还载着乘客。本来他是往约定的方向走的,但是后来乘客那边临时改变了主意,他本来算着时间也还好,谁知道路上耽误了点时间,所以赶过去的时候已经迟到了。有时候他会想,要是自己当时临时改变主意不离婚的话,自己的女儿也就不会失踪了。

但时间永远无法倒流,他永远回不到过去了,有时候就是这样,地铁坐过站了,就算返回去也不是原来的方向了,更何况坐上的是一趟无法返回的时光列车。

他们的婚姻没有因为女儿的失踪而修复,离婚手续还是照常办了,前妻那边也在寻找女儿,也一直没有音信。

他不太清楚现在来的这两个作家,或者说是一个作家、一个编辑,能够改变什么,但是能做的他都要做。现在他们两个就坐在他的车上,本来想着只是开车带他们在各个街道看看,但是他们两个说并不需要，而是说要记录一下他一个晚上的生活，还留出前面一个座位让单个的乘客乘坐。虽然他不知道这对自己寻找女儿有没有帮助，但不管怎么样，能增加一线希望总是好的。

刘德伟和方文杰坐在后座，看着贴在前座后面的照片，说："这是您女儿吗？长得真好看啊。"

李文豪说："随她妈妈呢，之前是因为喜欢一个男生，后来那个男生出国了，我女儿就说对爱情很失望，得知我离婚的消息后，她觉得对她来说是双重打击，便离家出走了，已经一年半了。后来听说她到了丽江，当了小姐。我就随后找来了，但是一直没有找到。"

方文杰说："那她叫什么名字啊？"

李文豪说："叫洁洁，听说后来改了名字，叫茹茹。"

刘德伟说："所以你当司机就是为了寻找她吗？"

李文豪说："是，因为只有这样才能到处找，也能借助乘客的力量。我总在想，要是有一天她能够打开车门，说声'师傅，您好，我要回家，但是我家很远，您能载我去吗'，我该多开心啊，不管她想去哪里，我都愿意带着她去。不管去哪里。"说这句话的时候，他重复了一遍。

方文杰从背包里掏出了录音笔，拿出了小册子和笔，说："我们这次来主要是为了采访您，因为郭忠仁之前要完成一本以采访朋友或者其他有故事的人为主的书，但是他路上出了车祸，所以剩下的旅程由我们帮他完成，我们在他标记的地图里看到了您的联系方系和地址。那么我能打开录音笔了吗？"

李文豪说："可以，我也是前几天才知道他去世的消息的，在广播里听过，广播还播了他的小说的片段，写得真好。就是可惜了，他还这么年轻。"

方文杰说："那么您是怎么认识他的呢？"

李文豪说："之前我在网上发过寻找我女儿的帖子，想要寻找一些新闻记者来报道，能够提高找到她的概率，联系我的人倒是很多，但是由于他们觉得没有好的新闻点子，最后就没有几个人联系我，只有他找过我，说他跟编辑商量了要写一本新书，想要找一些人的故事为蓝本，问我是不是愿意提供资料。我当时想着这样能够提高找回我女儿的概率，于是答应了他的采访，可是还没到我这边他就去世了。"

刘德伟说："嗯，他的编辑就是我，因为之前他的小说销量不是很好，所以我想着要找一个新的路子，好让他的作品在这个低迷的图书市场达到一定的销量，但谁也没有想到他就这样走了。"

李文豪说："是啊，谁又能想到呢？有些时候就是这样，我们原以为一些人会陪伴我们到永远，但他们总会在一瞬间就消失了，像我的女儿一样。"

刘德伟意识到又勾起了李文豪的伤心事，于是对他说："实在很道歉。"

李文豪说："没关系，希望有你们的帮忙，我能快速找回我的女儿。我现在一无所求，只是想快速地找回她，这便是我最大的奢求，我现在才意识到她才是我最大的成就，以前我只顾着工作，很少陪伴她，我原以为工作上的成就才是最重要的，但后来发现并不是，陪伴才是。"

方文杰不停地在本子上记录着，他想要安慰一下李文豪，但不知道应该说些什么，于是从包里拿出一瓶水，递给了前座的李文豪，又给刘德伟递了一瓶。

车还在行驶，每个夜晚李文豪都是这样，每次等红绿灯的时候都在想会不会前面过马路的人里就有自己的女儿，但是这一年半他路过了上万个红绿灯，没有一次遇见过。一开始他也害怕在丽江遇见她，尤其是在酒吧里，如果刚好看到她在拉客，那就更致命了，这就证实了她是妓女。但是后来他想通了，比起重新遇见她带她回家，没有一件事是重要的。

车的营业灯还亮着，所以时不时地有人招手要坐车，但是都是三四个人一起，由于后座被刘德伟和方文杰占了，所以李文豪只能开车驶过，当作没看见。

刘德伟说："真对不起，我们耽误了您的工作。"

李文豪说："对于现在的我来说，我的工作就是寻找我的女儿，而你们虽然是过来采访我的，但是相对来说也是在帮我寻找女儿，所以没有存在耽误工作之说啊。"

刘德伟说："如果有一个人打车的话，您就停一下，我们的工作也可以进行，每增加一个人，就是增加一个成功的机会嘛。"

李文豪没有说话，只是叹了口气。

每个人都在寻找一些自己所追求的东西，每个人寻找的又有所不同，对李文豪来说，他所寻找的是他的女儿；对刘德伟来说，他想寻找的是远离办公室的一个假期，一种自由；对方文杰来说，他所寻找的是写小说的勇气；对李国祯来说，是一场赢的拳击比赛或者一个信仰。

在车上的一个小时里，李文豪还讲述了他女儿小时候的一些趣事，连她生气时的模样都是以一种幸福的口吻述说的。路过咖啡馆的时候，李文豪停下了车，回头看了一下他们，问他们要不要先喝杯咖啡，然后说："你们是刚毕业吧，看起来我女儿跟你们差不多一个年纪。"

他们异口同声地说："是。"然后又一同说，"不用。"

李文豪还是下了车，说："我们先休息一下吧，抽根烟也行，我去接你们的时候看到地上有不少烟蒂，想必你们也是抽烟的。"

他们打开车门下了车，然后掏出烟，递了一根给李文豪。李文豪看了一下，说："是混合烟啊，我不太习惯抽，你们抽吧，我这儿有烤烟。"

他们三个就站在路边抽烟。人行道上人来人往，每个人都有故事，每个人都有要去寻找的属于自己的梦想。

方文杰说："看看路上的人，要是您女儿也在人群中就好了。"

李文豪笑着说："是啊，要是她从我们面前路过就好了，也许这样我就该陪她回属于我们的城市了，或者她想去哪座城市，我就陪她去哪里。"

刘德伟说："总会有这一天的。"

方文杰也跟着说："是啊，总会有这一天的。"

这时候，一个跟他们俩差不多年纪的男生走了过来，对着李文豪说："师傅，您走吗？"

李文豪说："你一个人吗？我这儿还有两个朋友，你要是不介意的话就可以一起。"

年轻男孩说："是啊，我一个人，但是我不知道我应该去哪里。您就先开车吧。"

刘德伟和方文杰哈哈大笑，吓得那个年轻男孩一愣，说："有什么问题吗？"

刘德伟说："没问题。"

方文杰说："没问题。"

李文豪说："那先上车吧。"

于是四个人一同进了车里。车里光线很暗淡，但是李文豪没有把灯打开，由于常年在晚上工作，他对灯光有些敏感，只有在结账的时候才会打开，平常要不是客人要求打开，他便不会主动打开。

在路上行驶了几分钟，李文豪便问那个男孩："去哪里？"

男孩支支吾吾地说："师傅，您知道哪个酒吧有小姐吗？"

此时坐在车后座的刘德伟和方文杰愣了一下，心想，这年纪轻轻的就好这口,不简单啊。

李文豪一口气报出了十几家酒吧的名字。

"可是这些我都去过啊,那会所呢,比较高档的那种?"男孩说。

李文豪又一口气报出了十几家的名字。

男孩又说:"可是我也都去过了呢,还有没有别的啊?"

这时坐在后座的刘德伟和方文杰都把眼睛睁得巨大,不知道该给予什么回应。

李文豪说:"可是你年纪还小啊,怎么就已经像一个老嫖客了呢?"

男孩说:"那您不也是啊,怎么会知道那么多啊?"

李文豪说:"我不一样,我在寻找一个人。"

男孩说:"我也在寻找一个人。她是我的初恋。后来我出国了,回来想第一时间找到她,但后来听说她来了丽江,当了妓女。我只是想找回她,跟她说……跟她说,跟我回家。"

"那她叫什么名字呢?"方文杰问了一句。

男孩说:"洁洁,听说后来改了名字,叫茹茹,我也不太清楚。"

这时候,李文豪把车停了下来,打开了灯。男孩看到了贴在车上的寻人启事,看着那张熟悉的脸,哭了起来。

第四部分 孤独的人总会相逢

刘德伟
1—8

早上九点，方文杰的电话打了进来，倒没有催促的意思，只是说他准备好了，随时可以出发。

刘德伟挂掉了电话，睁开了眼睛，感觉睡得很深很沉，这样的睡眠许久没有过了，整个身子处于舒适的状态。他起来洗完澡，刷了牙，在这种舒适的状态下收拾好了衣服，打开电视。他已经许久没有正经地看过电视了，人总会受另一个人的影响。电视里播放的是家庭调解节目，一对夫妻的表演很是做作，一点都不像平常夫妻，一眼就能看出他们的故事是假的，世间哪有那么多狗血的事情，哪有那么多的巧合。

他努力回想昨天晚上做的那几个梦，但是不管怎么努力都没法把它们组织起来，只记得模模糊糊的影子。

他检查了一下房间里的东西，看看有没有什么落下了，实在想不起那些梦，他就假装在梦中预见过当下发生的一切，但他发现并没有落下什么。

电视里的节目越来越戏剧化,这让他想起了昨天的事情,对于那个巧合,他不知道如何跟方文杰商量到时候怎么写,要么写得逼真一些,要不就像那个家庭调解节目一样,读者看着觉得有些失真,对于一个采访稿来说,这不是好事。

在旅程开始的时候,刘德伟跟方文杰说过,虽然这次的旅程是要求真,但是偶尔夸大一些也是可以的,因为这样读者会更感兴趣。方文杰想起昨天发生的一切,觉得生活真的远比电视节目更富有戏剧性。他不知道是否要把这种戏剧性去除。

昨晚的巧合谈不上动人,后来李文豪送他们回酒店的时候,大家竟都开始沉默,也不知道应该如何打破这种沉默。

后来还是刘德伟在要下车的时候开口说了一句:"谢谢,希望你们早日找到洁洁,或者说是茹茹。"

李文豪说:"终会找到的,谢谢你们才对,虽然我没有找到女儿,但是往后应该是多了一个人跟我寻找。"

那个男孩说:"嗯,相信在不久的将来一定会找到她的。"

刘德伟跟方文杰异口同声地也回了一句:"一定会找到的。"

这就像之前对李国祯说的"一定会赢"一样,人总是要抱着些希望才活得下去,如果没有希望的话,活下去就没有任何意义。

旅程已经进行了将近一半,比当时计划的快了很多,当时他们计划的深度访谈并没有实现,对于这两次采访,都像蜻蜓点水,没有过深，有时候就是这样，稍微的感动比苦情电影里那种虐心的感觉要强很多，也总比选秀节目的煽情要好不少。

在刘德伟收拾的时候，公司那边打电话过来，说现在郭忠仁的书得到了各种评论家的好评，现在不管是销量还是口碑，都非常好，公司希望他早日把采访集完成，好跟上热度，再多卖一轮。

刘德伟不知道应该说些什么，又只是回了一句"好"。

对他来说，现在陷于一种很复杂的情绪，一方面，书卖得远比他想象中的要好，另一方面，郭忠仁未完成的采访，现在正在进行，虽然之前的进展都算顺利，但是很多事情都不是他当初所想的样子，不知道采访集出版后会是什么状况。

刘德伟拖着行李箱去敲了一下隔壁房间的房门。方文杰很快开了门，然后说："东西都收拾好了，是要现在下楼吗？"

刘德伟探头看了看方文杰的房间，说："有没有东西落下了啊？如果没有的话，我们就走吧。"

方文杰把被子抖了几下，然后又检查了沙发，发现什么都没有落下，就抱起阿仁，拉着行李箱出了房间。

到了酒店前台，他们把房卡放在前台，服务员很礼貌地问他们睡得怎么样，再次问起昨天是否去过酒吧，他们两个也同样礼貌性地摇了摇头。

服务员说："那条街上的酒都很不错，下次再来的时候一定要去哟。"然后低下头办理退房的手续。

办完手续的时候，刘德伟突然像想起了什么重要的事，说："请问，你知道怎么上成都高速吗？"

服务员皱了下眉头，像上学时没能答出老师的提问一样愧疚，说："真是抱歉，不知道呢。但是你们要去成都的话有些远，自驾的话比较辛苦呢。"

刘德伟说："没关系。"

他总是习惯一句话回答别人的两个问题。

上车后，刘德伟导航发现去成都要花费十四个小时左右，就算现在开的话也要凌晨才能到达，他觉得先填饱肚子要紧，于是问方文杰想吃点什么。

方文杰想了一下，说："我们可以随便找个地方先喝杯咖啡，随便吃点就行，毕竟要开十几个小时的车，而且休息站的饭都特难吃，或者我们找家快餐店买点放车上就行。"

刘德伟发动了车，导航定在附近的快餐店，系好安全带，出发了。

在前行的路上他们发现了一家快餐店，就把车停在停车场。他们俩各点了咖啡还有早餐特有的汉堡，咖啡味道还不错，但是汉堡的奶油有些多，他们两个各咬了一半就都放弃了，本来想买些其他吃的放在车上，但是时间太早，外面几乎没有别的卖，他们不得不移步到隔壁的便利店，买了些垃圾食品。丽江的天空很蓝，广场上的风有些凉意，也许是时间过早或者他们停的地方不是景点的关系，他们看不到观光客的身影。

　　他们两个人往车所在的位置走去，路上遇见了摆水果摊的，他们买了一些水果，有杧果，有李子。买完水果，方文杰问有没有烟，刘德伟递给他一盒，方文杰抽出了一根，然后递给刘德伟，帮他点燃，两个人就坐在广场的椅子上看着天空，也不说话。抽完烟，他们还要赶很远的路，尽管丽江风景很美，但他们不敢留恋。

　　回到车里，刘德伟导航了一下去成都的路线，发现并不复杂，只要稍微注意些就可以。

　　他调了一下座位，听着电台播放的音乐，以四五十公里的时速一路前行，几乎每辆车都超过了他们。他想着，反正到的时候是凌晨，也没有约好一定要赶在什么时间赶到，所以就不必要着急。电台里播放的音乐是刘德伟没有听过的一首歌，是比较缓慢的调子，这让他的车速似乎又有些变慢了。

　　道路两侧几乎是树林，跟北京很不同，他侧过头问方文杰多久没有见过这么多的绿色了，方文杰向窗外探了一下。这时候，一个人背着行李在路边竖起大拇指想要搭车。

　　方文杰说："我们要不要去接下他？"

　　刘德伟把车速减慢，然后把车慢慢地倒了回去。

　　方文杰没有下车，冲着车外的人喊着："上来吧。"

林振兴

5—1

从收拾行李到出门，林振兴一共用了不到二十分钟，他要回成都，没有买到机票，他就想像之前来丽江那样搭便车回去，就像一个圆环总要回到原点才会形成一个圈。

他已经五年还是六年多没有回家了，具体的时间他已经记得不是很清楚了。他出来的那天下小雨，当时跟父亲争吵过后，具体想去的地方没有定下来，他只是随着自己搭的车随便到哪里，看到合适的地方就下来。换了几次车后，他在丽江定居下来。

他原本想着搭之前那辆车至少能走差不多一半的路程，到时候再停下来转坐另一辆到家，但是他没有想到，那辆捎带他的拖拉机只是开了十几公里就说到了终点，要下车回家吃饭。他只能再次停在路边等待，希望能有一辆车停下来，带他回成都。

他已经在丽江待了五六年，但还是一无所有，就像来的时候一样。

他原以为，跟父亲争吵过后，他就能奋发图强，成为一个成功的人，或者实现自己的梦想，到时候再回去，即便父子之间发生再大的争吵，父亲也能妥协，但几年过后，他发现自己并未实现这个目标。

自从那次争吵过后，父亲再也没有联系过他，很多消息都是通过他的母亲传递的，虽然他父亲偶尔也关心他，试图向他母亲打听他的消息，却不愿意亲自打个电话问一下他的近况，或者叫他回家。

林振兴的乐队已经换了几批人，不管是鼓手还是吉他手，都换了好几轮，唯独没换的是他这个主唱。而他跟父亲争吵的缘由正是如此，他只是想要当一名乐队主唱，跟自己的队友一起坐着改造的大巴进行全国巡回演出。由于太穷，他们连大巴都买不起，所以，即使在丽江五六年了，依旧没有实现这个梦想。

林振兴的父亲是小学音乐老师，胎教时就开始让他听莫扎特、贝多芬、肖邦等名家的作品，从他小时候起就对他传授古典音乐，音乐天分他倒是有，不过他越走越偏，从高中开始就迷上了摇滚乐，把他父亲气得不行。他大学毕业后，父亲倒是接受了天下音乐是一家，觉得随便什么音乐都好，自己已经年迈，希望儿子能够回来继承自己的岗位，当个小学音乐老师也是极好的。但他没有想到自己给儿子安排的这条退路并未被儿子接受，于是大发雷霆，说就当没有他这个儿子，就此赶他出了家门。当时林振兴刚大学毕业，一心追梦，志向远大，觉得自己就算脱离了父亲也一样能成功，而这份成功看起来远离了父亲的干涉会更加容易。

但是五六年过去了，他发现事实并不是这样。

这些年他时常会被房东赶出家门，在酒吧唱歌虽然也有一些微薄的收入，但由于同情比自己更穷的队友，很多报酬都给了他们，而他则是充当读书时自己父亲当时的角色，不图任何索取而只默默地付出。有时候他也恨自己的父亲，但是后来发现更多的是自己的无能所导致的，所以对于父亲也只有愧疚的份儿。有时候他也打电话跟母亲问一下老头子的近况，但是从没有叫他父亲来听过一次电话。

他母亲多次说过"你们父子俩尽是讨厌的地方相似，都是一样的固执"，对于他而言，也不可否认，他的父亲也没有正面回应过他母亲的这个问题。

已经过去了五六年，他已经没有方法想象家的变化是怎样的，不知道现在自己的房间怎么样了，也不知道之前收藏的一些CD和毛片是否都还在，门口的那棵树到底长多高了也不得而知。

在今天他刚睡醒的时候，他母亲打电话过来说，他的父亲得了重病，要他这几天赶紧赶回去看望他。

他想起了小时候父亲教他音乐时的画面，父亲从最基础的知识教起，由浅入深，由表及里，从理论到实践，一心想要把他培养成古典音乐大师。只可惜一上高中他就移情了，虽然摇滚与古典音乐同为音乐，但在他父亲的眼里，他就如同一个写纯文学小说的作家喜欢上了写小黄文，这还了得？大概两个人的关系也就是从那时起变僵的，近几年来由于睡眠严重不足，加之精神压力过大，他父亲的记忆力开始慢慢变差。

近两年来，很多朋友都跟他的父亲一样突然之间就失去了联系，而一直联系的除了他的母亲，只有一位高中女同学，偶尔他会拜托她去看一下他父母。两个人有时候也会谈论起高中生涯发生的一些趣事，虽然林振兴喜欢她，但是他觉得自己无能，不敢对其告白，心想，等自己有能力或者成了一名出色的乐队队长以后再展开一轮非常浪漫的表白，但是由于他一直没有成功，两个人的关系也就一直拖着，没有进行到恋爱这一步。

但是这次他要回去了，临行前，他的情绪很是复杂，一遍遍地想象着回家的样子，不知道将怎样去面对自己的家人和他喜欢的那位高中同学。

拖拉机丢下他的时候，他站在路边等了许久，一直没有车来，手机已经没电了，他只能静坐在路边等待有车经过，他就可以搭个便车回成都，如何面对那就是另一回事了。但他发现现实并没有想象中那么美好，虽然很多车路过，但都没有停下来的意思，他以为没有了希望，准备先徒步走一段。这时，一辆车身涂了一本书的封面还有人像的车过来了，看着特别丑。然后他竖起了大拇指，像《银河系搭车客指南》一样，但是他并没有带毛巾，但也许就是因为没有带毛巾，这辆车好像也往前开，没有停下来的意思，他正准备掏出毛巾的时候，车又倒回来了。

方文杰
2—8

方文杰觉得这次的旅程不会像公路小说或者公路电影一样有搭车客同行。车已经在路上行驶好几天了,还没有遇到过搭车客,这让他有些失望,他探头出去想看看路边的树林呼吸一下新鲜空气时,发现原来真的有搭车客。

车倒回去的时候,他喊了一声"上车"。搭车客是一个二十七八岁的青年,背着一把吉他,拎着一个挎包,头发染成了绿色,大热天的还穿着皮裤,穿着一件纯白色T恤。

上车的时候,他先向他们两位道了谢,然后摸了一下阿仁,说:"它叫什么名字?"方文杰说:"叫阿仁。你看车外面那个人像也叫阿仁,酷吧?跟你的造型一样酷,不过你的发型倒是顶着一头绿啊。"说完哈哈大笑起来。

刘德伟继续开着车,收音机播放着一个访谈节目。林振兴说,换首歌来听呀,这种节目有啥好听的。

刘德伟切换了一下频道,播放的是张楚的《姐姐》,林振兴也跟着唱了起来。

这个冬天雪还不下
站在路上眼睛不眨
我的心跳还很温柔
你该表扬我说今天很听话
我的衣服有些大了
你说我看起来挺嘎
我知道我站在人群里,挺傻
我的爹他总在喝酒,是个混球
在死之前他不会再伤心,不再动拳头
他坐在楼梯上面已经苍老,已不是对手
感到要被欺骗之前
自己总是作,不伟大
听不到他们说什么
只是想人要孤单容易尴尬
面对我前面的人群
我得穿过而且潇洒
我知道你在旁边看着,挺假
姐姐,我看见你眼里的泪水
你想忘掉那侮辱你的男人到底是谁

他们告诉我，女人很温柔，很爱流泪

说这很美

哦！姐姐！我想回家

牵着我的手，我有些困了

哦！姐姐！带我回家

牵着我的手，你不用害怕

方文杰说："唱得不错啊，你是歌手吗？"

林振兴说："嗯，是一支乐队的主唱，你们知道不羁乐队吗？"

方文杰说："不知道呢，不过，看你的裤子，你是汪峰的粉丝吗？"

林振兴尴尬地笑了一下，说："不是，不是，刚成立没多久。"然后又接着问，"你们这是去哪里？"

方文杰说："去成都，但是还有几站要跑。你呢？"

林振兴说："那正好，我也去成都，回家。"

方文杰说："上车就是朋友了，饿了有吃的，你看看想吃什么自己拿。对了，朋友，怎么称呼？"

林振兴说："我叫林振兴，叫我阿兴就好。"

方文杰说："一支乐队的主唱名字竟然这么正啊！哦，对，开车的是刘德伟，我是方文杰。"

林振兴说："谢谢你们。"

车不停地向前行驶着，进入高速路的时候，两旁的树木不停地往后退，阳光照在座位上，像要强行加入这支三个男人一只狗的队伍，但是他们把窗关好，谢绝了阳光。

方文杰第一次看到歌手，很激动，但是看了那条皮裤硬是把激动给压了下去，他不太喜欢汪峰，每个穿着皮裤的人都能让他想起汪峰。在他读大学的时候，汪峰在他大学所在的城市开演唱会，当时他约好了一位女同学一起去看，但是由于当天邓紫棋也在商场里面进行代言活动，那位女同学更喜欢邓紫棋，就忘记了约定。当时黄牛看已经开场三十分钟了他还没有进去，于是想来购买他手中的票，他当场就撕了，没有卖。演唱会结束，他听说汪峰换了好几条不同的皮裤，后来他又在朋友圈中看到同学拍了邓紫棋活动现场的照片，也同样是穿着皮裤，于是他从那时候起就对穿着皮裤的人没有好感。

但是，既然朋友都喊了，他又不好意思明说自己对皮裤的憎恨，更不好意思把理由说出来，他就放下了偏见，转回头问林振兴这次回家做什么。

林振兴说："听我妈说我爸得了重病，所以得回去看看，不过我已经很久没有回家了。"

方文杰说："为什么没回家啊？"

林振兴说："刚大学毕业那会儿，我要组乐队，要唱摇滚，要出道，但我爸更想让我当小学音乐老师，后来我就被赶出来了。"

方文杰说："那你爷俩都蛮朋克的。"

林振兴说:"我们总是不能活成别人想要的样子啊,哪怕是父母想要的样子。我们得活出不一样的来,寻找到真正的自己,这样的人生才有意义。"

刘德伟听完,放慢了车速,想了一下,说:"对。"

方文杰说:"那你想家吗?"

林振兴说:"有时候想,但是总不能妥协,对吧?"

方文杰说:"可妥协有时候就是另一个捷径啊。"

林振兴说:"但是,当你想要妥协的时候发现已经不能回去了,就像地铁坐过站,再返回去也不是那个方向了,所以只会咬着牙坚持下去,不管最后成不成功,不管最后混成什么样,都得咬着牙坚持。就像电影《熔炉》所说的那样:'我们一路奋战不是为了改变世界,而是不让世界改变我们。'"

方文杰说:"哦,原来是这样,如果我写小说能这样坚持下去就好了,我总是逃避,连动笔的勇气都没有。有时候明明觉得差不多了,可是总是差那么一点点,每次想起余华、王小波、村上春树那些大作家,总是觉得自己不会像他们一样写出特别好的作品,每天都站在山脚望着站在山顶的那些人。"

林振兴说:"可是他们也是坚持得来的啊,他们用了近三四十年来坚持做这些,所以才爬到了山顶,而你如果只是一直想而不去行动的话,那么你永远都只能待在山脚观望,你只是在仰望山顶的时候,不自觉地弯下了腰,越是不停地弯腰,就会离山顶越远,山顶的存在并不是为了让你感到自己的渺小,它是作为一个努力的目标存在的。如果有时间在山路上休息的话，还不如一步一步继续往上攀登，即使很慢，也不要紧，虽然不一定能到达顶峰，也有可能在途中就用尽力气，但是，你在那里看到的景色肯定要比现在的美丽得多。"

方文杰不知道怎么回答，像是自己努力数年要解答的一道难题被旁边的人一下子点破了一样，他对皮裤的厌恶程度像是也有所降低，于是转过头来点了点头。

雅西高速公路由四川盆地边缘向横断山区高地爬升，像在云端行走一样。到服务区的时候已经是傍晚，再行驶一百多公里就能到达成雅高速，按他们这样的速度到达成都时应该是凌晨一两点，虽然车上有吃的，但都是零食，所以在休息站的时候他们下车吃了饭，如果说还有比高速公路上的餐食还能吃的旅行餐，可能只有飞机餐，相对来说，方文杰更喜欢飞机餐，因为大家都是吃同样的食物，大家一起吃的时候很有仪式感，这也是他目前所知最有仪式感的一件事。

吃完饭，加满了汽油，林振兴自告奋勇地要开接下来的路程，刘德伟递给他钥匙，但是方文杰抢了过来，说由他开，然后拉了刘德伟在一旁小声问他有没有看过韩寒的电影《后会无期》。刘德伟当时只是看了一半，后面的剧情并不知道，所以干脆说没有看过，问这跟林振兴有什么关系。

方文杰笑了笑，说："有空你去看一下就知道了，还算是不错的电影，就是剧情有些散，拍得跟散文诗一样。"

刘德伟说："好，有空就看。"

开了将近七个小时的车，刘德伟有些疲惫，便坐到了后座上，说想睡一下。林振兴坐在副驾驶座上，他显然不太相信方文杰的车技，于是刚坐上就赶紧系上了安全带。方文杰看到他这样，发动车子的时候就狂踩了一下油门，吓得林振兴赶紧说："慢点开，不着急。"

在路上林振兴滔滔不绝地介绍成都什么地方好玩儿，还说起大熊猫多么可爱，但是方文杰觉得大熊猫再怎么可爱也不能当宠物独养，他不怎么喜欢共享经济，所以连共享单车也没有骑过。

后面车座上的刘德伟已经睡着了，林振兴显得有些无聊，因为出来得匆忙，手机里也没下载电影，倒是带了一本青春小说，但由于听说方文杰是一名作家，觉得拿出来显得有些丢人，怕方文杰一旦聊起来显得有些尴尬，刚才灌方文杰的鸡汤，他也不是从哪本书里看来的，甚至连方文杰说的余华他都不太清楚是谁，那段热血又励志的话其实只是来源于日本动漫《银魂》里的一段台词而已。

但林振兴还是很好奇他们两个到底为什么上路，刚上车的时候彼此还不熟悉，他也不敢多问，现在明显气氛好了一些，于是他问方文杰："你们说还有几站啊？是自驾游吗？毕业之旅还是失恋之旅，就跟《心花路放》里面的徐峥跟黄渤一样？"

方文杰一只手握着方向盘，一只手掏出了烟。林振兴看着有些担心，说："我这儿有，你专心开车。"说完就从口袋里掏出了一根烟，用嘴吸了一口点燃，递给方文杰。方文杰看看他，有些嫌弃，指了一下烟又指了一下自己的嘴，示意他重新给他拿一根。林振兴照做了，点燃那一刻，林振兴抱怨了一句："破事不少啊。"

方文杰没有生气，反倒有些乐了，说："我们是进行一个采访，我们俩有个共同的朋友因车祸死了，就是车外面照片上那个，他是个作家，之前规划了条路线，但是还没采访完就死掉了，所以，刘德伟——哦，对，他是那个出版社的编辑——于是我们两个人就继续上路，算是完成他的遗愿之一吧。"

林振兴猛吸了一口烟，对着窗外用力吐了一口气，烟雾随风而逝。吐完烟，林振兴的头依旧对着窗外，陷入了深思，一时间他不知道应该说些什么。

过了许久，他才转过头说："有你们这样的朋友真好。"

方文杰尴尬地笑了笑，说："你以后也是我们的朋友了。"然后叼着烟，抽出右手拍了一下他的肩膀。

对于这次的旅行最重要的目的是想让自己快速成名这件事，方文杰并没有说，每个人都有秘密，方文杰现在的秘密就是这个，对于美化这次的旅程，他倒不觉得有什么，至少他们是真诚的。

刘德伟
1—9

车从益新大道下来的时候，往人民东路前行，到达宾馆门口时停了下来。刘德伟被林振兴拍了拍才醒来，此时已经是凌晨一点四十分。

他们下了车，林振兴问他们要不要吃夜宵，说是成都的夜宵是全国公认最好吃的，他很感谢他们送他回来，一定要请他们吃一顿。

刘德伟说："不用了，这么晚了，要不要明天再走？你家在哪儿，到时候我送你回去便是。"

方文杰说："不用了，都这么晚了，你就先跟我们住下，反正也到你的地盘了，不急于这一时。"

林振兴说："也好，这么晚了，回家也是打扰，就在这边住一晚再回去，明天就不必送我了，我可以自己回去，离得也不是很远，今天真的谢谢你们。"

方文杰说:"没关系。"

刘德伟说:"不用谢。"

到了前台,林振兴看了一下价格表,特价房是128,大床房是158,豪华大床房是188,标间是228。价格表旁边的是世界各地几个大城市的时钟,他地理不好,数学也不好,除了仅有的音乐天分,其他科目学得都不好,所以他也算不出来到底钟表上的时间对不对,但他能确定的是,北京时间并没有偏差。

林振兴说:"还有特价房吗?"

服务员说:"对不起,先生,特价房已经满房了,但是大床房还有。"

林振兴说:"那为什么你们价格表上的灯还是亮的?"

服务员说:"对不起,先生,我们这个是整屏的LED灯,不能关闭其中一个的。"

林振兴说:"哦,那是你们没设计好。"

服务员说:"对不起,先生,这不是我们设计的,厂家送过来时就是这样的。"

林振兴说:"哦,那是厂家没设计好。"

刘德伟和方文杰被逗乐了,哈哈大笑起来,刘德伟跟服务员说:"来三间大床房吧。"然后转过头跟林振兴和方文杰说:"把你们的身份证都拿出来吧,做个登记。"

林振兴说:"我来付吧,应该是我来付的。"然后掏出了银行卡，冲着服务员说："刷我的卡吧。"

刘德伟说："没事，你留点钱给你爸买点好吃的，我们用的是公款，到时候我回出版社可以报销。"

林振兴说："那真是谢谢了。"然后接着说，"哦，原来你们是国企啊。"

刘德伟没有说话，埋头签字，然后突然想到了什么，于是抬起头，对着服务员一笑，服务员脸唰地一下红了。

刘德伟说："你们能有叫醒服务吗？有时候我的闹钟不太管用，明天八点记得叫我和这位林先生起床。"

服务员说："好的，先生。"说完把身份证都递给了他。刘德伟把身份证分发给了他们，然后三个人带着行李抱着阿仁一起上了电梯。

他们的房间在六层，房间号是连排的：6228、6229和6230。在他们各自准备回房间休息的时候，刘德伟转眼看了一下方文兴和林振兴。

刘德伟对方文杰说："明天我送林振兴回去。晚上好好休息，这次的采访就先交给你了。"

刘德伟对林振兴说："我们这次主要是做采访，这就是我们的工作，你就当我们也采访过你了，明天我送你回去。晚上好好休息。"

方文杰说："好，没关系，你们要起早更辛苦。"

林振兴说："你们真是太好了，谢谢你们。"

刘德伟说：" 送佛送到西嘛，就当你是佛了。"

说完，三个男人面面相觑，各自笑了一下，然后各自刷卡开门，回到了房间里。

刘德伟进房间后，把厚厚的窗帘拉得严严实实的，然而光线仍像难以简单消除的古老记忆，总要悄悄地钻进来。他打开了灯，闻了一下，全身都有一股烟味，于是打算先去洗个澡。他打开莲蓬头，热水从里面冒出来，他站在下面，还在想象昨天晚上做的梦，但那些梦就像他小时候看过的电视剧，只是偶尔冒出来一个小片段，具体是哪部电视剧已经无从得知。他深受这种记忆的折磨，而印象最深的是小时候看过的一部老剧，是电视剧还是电影他都已经记不清了，只是记得一个小的片段：一个跛足的人不停地寻找着另一个人，他走得很艰难，到了一家乡村小馆，因为没有钱，就搜刮客人吃剩的食物。老板觉得这会影响到客人用餐，便赶他走。老板娘倒是个好人，说："没事，让他吃吧，反正我们得洗碗。"就是这个片段他记了近十年，而这几年更是时不时地冒出来，他想到的唯一解决方法就是找到这部电视剧或者电影再看一遍，以减少折磨，但是他找了很多老电影和电视剧来看，都找不到一样的桥段。

这种感觉就像许久没有吃到的家乡菜具体到底是什么菜全然忘记了，终于有了假期再想回去尝一下时，但不管试哪一道菜都不是同一个味道一样纠心。

他不再想，用浴巾擦干了身子，然后挂在柜子里的架子上，就这样光着身体从牙膏末端挤了一点出来。刷完牙，回到房间里，他脱了鞋子，打开电脑，连上了Wi-Fi，看了《后会无期》。电影里同样是两个人的旅程，但没有那么浪漫，也没那么惊险。相比韩寒的另一部电影《乘风破浪》，刘德伟更喜欢后面这部。

看完电影，他关了灯，倒在床上。

他望着昏暗的天花板，想起了大学时的女友，以前谈恋爱时总会梦见她，但是自从她离开后就很少梦到过。他也想起了那只小狗，刚收养那只叫饱饱的小狗时，女友一周都没有给他打过电话。女生总是有了新宠物，就对人类的情感减少数倍。那是刘德伟觉得最自由的几天，之前女友天天缠着他说话，而且总是聊那几个话题。但是，后来女友离开后，再次跟他说话时只是向他告知饱饱死亡的消息，说它是撑死的，再往后就再也没有她的消息。

刘德伟很想再次梦见她，跟饱饱一起在他梦中出现再好不过，只要梦见一次就好。

不久，困意来临，那里没有梦。

林振兴
5—2

林振兴很早就起床收拾好了东西。昨天他做了一个梦，梦见自己在父亲的课堂上，跟六年级的同学一起上音乐课，他听得非常认真，比在以往所有的课堂上都认真。梦醒后，他看着空房间，一无所有。

他盯着墙上的挂钟，现在是八点二十分，心想，要是再晚一些的话，那就自己打车回去，不必要再麻烦刚认识的朋友。但刚到八点半，刘德伟就敲开了他的门，只是说了一句"出发"，没有其他多余的话。

到停车地点时，刘德伟把钥匙给了林振兴，昨天方文杰说的电影《后会无期》他已经看过了，电影末尾钟汉良把车开走了。因为他们也是昨天刚认识，方文杰可能对此有些防备，但是相处下来他觉得林振兴为人还算不错，所以并没有这方面的担忧。

林振兴坐上驾驶座，发动了车辆。刘德伟问他要不要导航，他回答说："不用，这里离我家不是很远，在上大学之前我都是在成都生活，所以没有必要导航。"

他刚开出去十几分钟，便停下了车，把头垂靠在方向盘上，心想，几年不回来，这里变化还真大，现在的路他已经不认识了。但他是要面子的人，希望能回忆起回家的路。不过，在回家之前，他要去给自己的父亲买点东西。他发现，不仅对回家的路不认识，连自己常去的商场那边的路也忘记得一干二净。那条街上有他喜欢吃的早点，也有他父亲喜欢的老腊肉，他寻思着要带点回去才行。

车停了两分钟，挡住了后面车辆的去路。后面的人显然有"路怒症"，不停地狂按着喇叭。刘德伟提醒了一下他，他才抬起头，有点尴尬地说："我忘记回家的路了，但回去之前我还想着带你去吃个早点，成都的早点也是公认第一的。"

刘德伟说："看你趴着我还以为你开车晕车呢，我就说嘛，昨天你坐车明明没事。那你告诉我地址，我导航也是可以的。"

林振兴说："你就先导到抚琴路，那边一个早点店可好吃了，成都市公认第一。"

刘德伟说："哦，那你带我去吃的也就是全国最好吃的早点店了啊，那还真是谢谢你，不过，对于美食，不是广东人是公认的全国第一吗？"

林振兴说："事实胜于雄辩，我带你去吃就知道了。"

刘德伟说："好。"

于是林振兴按着导航的路线小心翼翼地开着车，在路上不停地介绍成都的各种好，有好吃的，有酒吧，有夜生活，城市环境优美，生活节奏不快。刘德伟越听越觉得林振兴口中的成都像自己心中的广州，果然自己的家乡才是最好的啊。

导航结束时，两人没有见到林振兴说的那个早点店，连其他特色美食都没有，林振兴赶紧打圆场，说："五六年真的改变了不少，现在都变样了，完全不像以前的样子了。"

刘德伟显然有些失望，但他没有表现出来，而是说："你先去给你爸买礼物吧。我们把车先往前面停车场开，那边有一个星巴克，我去那里喝杯咖啡就可以，待会儿我也在那边等着你。"

其实更加失望的是林振兴，他没法为自己的家乡争光，感觉自己对早餐的描述只是假设，没有方法得到验证。他看一看表，然后说："那好，只是你没有吃到正宗的早点，有点可惜。"

刘德伟说："没关系，现在城市都差不多，哪里的早点都差不多。"

林振兴本来想表示自己的城市是独一无二的，但想到自己虽然口口声声说如此热爱这座城市，但却逃离了，这样的表示并没有多大的意义，于是他只是简单地说了声"好"。

他们俩停好车，然后散开。

林振兴去了自己所知道的老字号腊肉店，那是他父亲常去购买腊肉的一个地方，但是父亲最常买的那种已经卖完了，只有一份别人预定的。

林振兴说:"能不能先给我?我爸生病了,重病,这是他最喜欢吃的东西。"

店员说:"可是别人预定了。"

林振兴说:"他就只有几天活头了。"

店员说:"要不再等等,明天我们给您送过去?"

林振兴说:"这是他最喜欢吃的一样东西,可惜往后可能再也吃不到了。"

这时候老板出来了,看着他又可怜又真诚的样子,说:"那你先带走这些吧,我们再从分店调过来就行,希望您父亲早日康复啊。"

林振兴连忙说"谢谢",然后又说:"你们都开分店了啊,真是抱歉,我不知道,要知道就不用那么心急了。"

老板说:"没关系。"

于是林振兴提着腊肉出来了。本来他也想买一条烟给父亲的。大学毕业的时候,他父亲跟他谈了许久,其实他抽烟这件事他父亲也知道,当时还递给他一根。父子俩坐在天台上聊,对于林振兴当小学老师这事儿,父亲也只是希望他能够安稳一些,不用为了生活那么奔波。但是,对林振兴来说,年轻就应该反抗,要自由,不能刚从学校的教室里毕业,就又困在另一个教室里面,外面的世界很大,他要出去看看。这也是他们产生分歧的最大原因,两人持有完全不同的理念,但也说不出来谁对谁错。事情就是这样。

林振兴突然想到父亲重病，买烟也是不孝，于是带着腊肉，推开了咖啡馆的门。

刘德伟看着林振兴提着腊肉，差点把口中刚喝的咖啡喷了出来，但他还是忍住了，说："你就带这个回家啊？"

林振兴说："我爸比较喜欢这个，这可是成都最好吃的。"

刘德伟说："要不要点杯咖啡？星巴克的牛角面包不错，要不要尝一下？"

林振兴倒也不客气，还没等刘德伟说完就赶紧拿起面包咬了一口，然后很努力地咽下去。

刘德伟说："要不要喝口咖啡？"

林振兴说："谢谢，不用了，我咖啡喝多了会紧张，对咖啡因不耐受。"

刘德伟说："我只听过乳糖不耐受，没有听过咖啡因不耐受。"

林振兴说："都是食物，没有什么区别的，我待会儿回家，现在就有点紧张了，喝咖啡会让这份紧张加剧。你吃完了吗？吃完了我们就出发吧。"

刘德伟用纸巾擦了一下嘴，说："好，走吧。"

林振兴在回去的路上，紧张得开不了车，刘德伟接过了驾驶员的重任。在他们停车换位置的时候，刘德伟给林振兴递了根烟，说:"还好你没喝咖啡,要是喝了还得了?"

然后两个人蹲在路边,此时的太阳正是在宣扬朝气的时候,他们躲在车的影子里面。

刘德伟感叹地说:"有些人死了也还活着。"然后指了一下车身那张照片上的头像说,"你看,郭忠仁虽然死了,但他还在帮我们挡着太阳呢。"

林振兴尴尬地笑了一下,什么也没说,回到车里。车辆按着导航的路线慢慢地开着,到他家的时候还早,十点多。他家在成都的郊区,房子是自建的白色二层小别墅。

林振兴没有很迫切地开门。等车熄了火,他在车上坐了一两分钟还没有要下去的意思,刘德伟拍了拍他的肩膀,跟他说:"加油,回家吧。"

刘德伟
1—10

本来刘德伟想着送林振兴到家了就可以离开了，但林振兴的母亲迎了上来，紧紧地抱着林振兴，一点要分开的意思都没有，这让他有些感动，离开五六年，他们在拥抱那几分钟里面虽然没有说一句话，但刘德伟心想，也许此时此刻并没有任何语言能够表达他们的心情，这让他想起了自己与家人的关系。刘德伟跟家人关系还好，他从小到大都生活得很好。他想了想林振兴，又想了想自己，觉得好像自己从小到大都没有过叛逆期，这倒也谈不上是多大的成就，只是觉得有点遗憾，因为没有远离过，没有反抗过，也就永远无法体会到这种远离后又回归的复杂情感。

刘德伟发动了车辆，冲着窗外的林振兴喊道："振兴，那我就先走了。"

林振兴此时才脱离他母亲的怀抱，说："来都来了就多待一天啊，明天再回去，这两天真是谢谢你了。"

林振兴的母亲说："别急啊，就在我们家多玩几天再走吧。"

刘德伟想到反正采访那边方文杰一个人也可以，而且他的确有点想家，但他此刻不可能立马赶回家，他只想体会在家里的感觉，哪怕是别人家也好。于是他给方文杰打了个电话，说明了情况。方文杰那边倒也好说话，说没关系，明天上午再会合。于是刘德伟把车熄了火，停到林振兴家门口的一棵大树旁，到底是什么树他也不太清楚，因为做编辑的关系，他对纸的品种很清楚，但是对树的品种倒认不全。

他下车的第一句话是："阿姨好。"

林振兴的母亲说："你好，你好。"

他们一齐走进了林振兴家。林振兴的母亲把家里收拾得很好，东西摆放得特别整齐，门口的门神让刘德伟想起了郭忠仁家。林振兴的母亲从鞋柜里拿出拖鞋让他们换上，然后开口说了进门的第一句话。她的第一句话不是过问林振兴这几年过得怎么样，不是问这位听口音像广东人的朋友是在哪儿认识的，不是告诉林振兴他的父亲病情现在怎么样，而是说："你们饿不饿，我给你们煮点吃的？"

有时候就是这样，亲人之间常聊的总是谈不上多有话题性，但往往最简单的话更能击中人心。

刘德伟说："谢谢阿姨。"

刘德伟看着房子里的天井，看着洗衣机，看着停着的摩托车，看着摆放在客厅里的架子鼓，看着同样跟架子鼓摆放在一起的吉他，感觉像是自己来过这里，好像自己已经跟林振兴认识了许久，一起逃过课，一起组过乐队，但事实上他们才认识两天，这种陌生又熟悉的感觉，他第一次有。

林振兴的母亲跟林振兴说："你爸在二楼，你去看看他吧。他听说你回来，昨天还特意让我带着去洗了个澡呢。"

林振兴的眼睛突然红了起来，他不知道怎么回应母亲的话，五六年过去了，在那五六年里面，他被骗过，被房东赶出来过，但眼睛从来都没有红过。

"那我先去忙了。"林振兴的母亲说。

小时候，刘德伟家没有搬进小区里的时候，住的是自建楼，同样是二层楼，他总是喜欢从二楼的楼梯扶手往下滑，他父亲每次见到都说要揍他。他总是喜欢迅速跑回自己的房间里假装睡觉，不管是上午十点还是下午两点，他都会马上跑回屋里装睡，虽然闭着眼睛，但他能感觉到父亲来了，但好在他没有一次被真正揍过。他经常装着装着就真的睡着了，醒来时发现身上盖着被子，所以他小时候总是以为，不管遇到什么事情，睡一觉便好了。

楼梯不长，但是他们走得很慢，走到半截的时候，林振兴突然摸了一下扶手，说："你知道吗，小时候我总是从这里滑下去，但老被我爸打。"

刘德伟说："啊，大家童年原来都一样，我也是，但是我爸要打我的时候，我总会跑回屋里睡觉，醒来就没事了。那时候我还天真地以为只要睡醒就什么都好了，不管遇到什么事。可是后来才发现，事实并不是这样。"

林振兴显然没有听进去后半句，只是感叹地说了一句："哎呀，原来还可以这样，看来我小时候还是太笨。"

林振兴在上最后几级楼梯的时候，嘴里喃喃地念着什么，在到最后一级的时候停了下来。

刘德伟看了看他，又看了看楼下，以为他忘了带什么重要的东西上来，问："怎么了？"

林振兴说："我就是不知道第一句话应该说些什么。"

刘德伟说："不是应该先叫爸爸吗？"

林振兴说："有道理。"

林振兴的父亲躺在应该是从医院买回来的病床上，房间里的大床被拆了，放在旁边，也没有被搬走。病床旁边摆放着桌子，桌上摆放着各种各样的药，有瓶装的，有袋装的，有散在纸上的。他的父亲穿着很整齐，显然做过精心的准备。桌子后面摆放着一台小电视，这是林振兴小时候时常用来打小霸王游戏机用的电视，电视里播放的是音乐频道，节目是1994年香港红磡摇滚中国乐势力演唱会。上初中时林振兴就是因为这场演唱会而大受震动，暗暗立志一定会组一支乐队取代那群老摇滚教父，但是已经过去十几年了，他并没有看到一丁点儿希望。

三个小时的节目已经接近尾声。

林振兴进了房间，把他爸爸的被子整理了一下，开口说了一句："爸，我回来了。"

林振兴的父亲看了看他，指了一下旁边的两把椅子，又指了一下他们两个示意坐。

他们两个坐了下来。林振兴握着他爸爸的手，想等着他回应。但是两三分钟过去了，他父亲还是没有回答他的话，他以为他父亲说不出话了，于是突然放声大哭起来。

许久没有哭过，他的眼泪一下子就全涌出来了，里面包含着愧疚、委屈和心疼。他的眼泪怎么也止不住。他爸爸转过身给他拿了纸巾，说："你哭什么啊，我没事。"

林振兴突然哭着哭着就笑了，然后用纸巾擦了一下眼泪，说："没事就好，没事就好。"然后给他指了一下刘德伟，说，"这是我朋友刘德伟，是一个出版社的编辑，是他送我回来的。"

林振兴的父亲说："你好。"

刘德伟说："叔叔好。"

这时候，林振兴的父亲突然特别小声地说了一句："有烟吗？"

林振兴说："爸，您就别抽烟了。"

刘德伟说："叔叔，生病了就别抽烟了。"

林振兴的父亲说："就一根，一根就好，没多大的事。"

谁能想到林振兴真的从口袋里掏出了烟，点燃后递给了他父亲。

林振兴想起了大学毕业父亲递给他的那根烟,想起了那个晚上两个小时的长谈。

这时候门口来了一个女孩,穿着护士服,脸特别小,刘德伟没想过一个人的五官竟能聚生在那么小的脸上,而且摆放得很漂亮。那个女孩看到林振兴的父亲抽烟,赶紧抢过来掐灭了,然后指着林振兴说:"都二十七了还没懂事啊你,你是瞎吗?没看到你爸还在病床上躺着啊?你还给他抽烟?"

一连几个问题把刘德伟和林振兴都问蒙了。

刘德伟看着她的表情,深感自己对萌和脾气的反差的见解有理。

林振兴一时无言以对,支支吾吾地想说些什么,半天才挤出一句:"大洛,你当护士了啊?"

林振兴
5—3

在林振兴小的时候，他总喜欢不自觉地唱自己随口编来的歌，同学都觉得他有病。在不被大多数人认可的情况下，他就觉得这种做法是错误的，很多事情都是这样，自认为对的东西总是因别人的批评而改变。

但是总会有一两人是认可他的，其中就有大洛。

大洛是他们初中的班长，脸小是大家给她所贴的标签，她长得也不高，但是脾气就像她名字的前一个字——大。

大洛姓陈，听说本来是叫陈太洛的，她倒也没有向别人解释过这个名字到底是什么意思，听说有些办身份证的工作人员总是喜欢擅自把别人的名字或者生日改一点点，如果事主想再次改回来就得交相关的费用，所以陈太洛就变成了陈大洛，她父亲当时只觉得这是缘分，就没有把她的名字改过来。

在大家都不认可林振兴唱的歌的时候，她跟林振兴说："你如果唱得快一点就是freestyle了。"当时还没有《中国有嘻哈》这样的节目,所以林振兴并不知道这个词的意思,还专门跑去查了英文字典,但发现说唱大多是要唱英文,他的英文不是很好,他就没有继续,也许继续的话,参加《中国有嘻哈》这个节目应该能入围。

林振兴喜欢大洛,其实大洛也喜欢林振兴,但是他们都不知道而已。大洛对所有人都凶,对林振兴更凶,总是骂林振兴让他觉得自己根本就不配听摇滚、不配特立独行。但他并不知道那只是大洛的一种情感表达方式。

之后他们一起上了高中,他因此还嘲笑大洛竟然考上和自己一样差的学校,可是他并不知道大洛是因为他才特意改了志愿。

高中刚开学的时候,林振兴心中有愧,也去找过大洛并道歉,又担心她中考考得不好会影响心情,便过去安慰她:"据说,好好学习,高考还是能考个好的大学的。"大洛把他骂了一顿,说:"你先管好你自己。"事实上她想表达的是"一起努力",但是话出口便变成另一个意思,就像写文章一样,脑子里想的跟写出来的完全不一样。

林振兴为此有些生气,但是他在大洛面前很少敢表现出来,后来再次遇到大洛,他总是藏在一旁偷偷看着她,不敢再与她正式碰面。

后来,大洛家里出了事,她的父亲得了癌症,去世了,有很长一段时间她总是闷闷不乐的，也不太愿意跟同学说话，脾气反倒是变好了不少。

林振兴想着应该去安慰大洛，但是他还是害怕她，只能借助跟她一起学习这个理由去接近她，有时候他们也会对视，但他一看到大洛的眼睛就有点害怕，连忙避开。

大洛说："你是不是很讨厌我？"

林振兴说："没有没有。"

大洛说："那你是不是害怕我？"

林振兴摇摇头，又偷偷地看着大洛的眼睛，生怕她把自己吃了。

高中的恋情总是缓慢进行的，或者说从两个人互相暗恋到在一起的时间特别长。大洛和林振兴就是这样，他们为对方做了很多事情，但是对方并不知道。

大洛父亲去世那年，正好是他们高三的第一个学期，那时候她和林振兴已经做同学将近六年了。大洛总是给广播站投稿，写一些有关歌颂纯贞爱情的文章，主人公总是一个喜欢音乐的男孩。但是林振兴从来没有把自己代入进去听过，他连学校广播都很少听，每次下课总是跑去录音室里面录歌。那时候他录的是自己写的一些小清新风格的爱情歌曲，而这些歌都是想鼓舞大洛的，但他害怕大洛，因此从没送出去过。

后来林振兴陪大洛学习，大洛的情绪好了很多，他觉得自己不需要歌曲的力量了，所以录的歌直至高考前都没有送出去过。直至高考前大洛还在给广播站投稿，但林振兴都错过了。

有时候就是这样，喜欢就去追，饿了就吃饭，没有一种逃避会获得赞赏，管他失败还是发胖。

但是他们两个都完美地用行动表达了"逃避"这个词的意思。

很多暗藏在心中的表白都在高考后的那一夜趁机说出来了。

大洛约林振兴去看电影，林振兴说："好。"

从学校到电影院的路不是很远，走路大概二十分钟，但他们走了将近一个小时。

在走到自己常去的那家网吧门口时，林振兴对着大洛说："以后可能就很少来上网了，之前我们级长还来抓过我们呢，好在我当时去了洗手间，没有被抓到。"

其实他想说"当时我去网吧把给你写的歌给剪辑了"，但他没有说出口。

在路过一家咖啡店的时候，大洛停了下来，说："以后可能就很少有机会来这家咖啡馆了，之前很多次的作业都在这里做的，里面的咖啡不错呢，不知道你喝过没有，里面的拿铁最棒了。"

其实她想说"我在里面写过很多文章，而主人公都是你"，但她没有说出口。

两个人一起慢慢走着，边感叹这几年时间过得很快，边憧憬即将前往全新的征途，但是关于恋情，他们没有说出来一个字。

电影八点半开场，时间本来很是充裕，但他们还是迟到了。

电影里，女主角牵起男主角的手的时候，大洛想用手指头偷偷地钩住林振兴的小拇指，但林振兴正看得入神，双手撑着下巴。所以她放弃了。

电影里，男主角和女主角拥吻的时候，林振兴想要偷偷地凑过去亲一下大洛，但大洛刚好转过头去，拿起了可乐。所以他放弃了。

电影结束后，大洛说："电影真好看啊。"

林振兴点了点头，他们在回学校时，还是走得很慢，慢到好像时间和脚步都在故意给他们让出表白的空间，让两个互相喜欢的人有机会在一起，但他们都没有说出口。

填志愿的时候，大洛问林振兴："你填的是哪个学校？"

林振兴说："上海。"

大洛说："哦。"

林振兴问："那你呢？"

大洛说："就在成都，我妈一个人在这边，我不能离开她。"

林振兴把第一志愿改填了，偷偷地填上了成都的一所重点学校。林振兴想着，如果真的考上了，一定想办法向大洛表白。

但很多希望就是用来破灭的，命运就是用来戏弄的，林振兴没有考上成都那所学校，只能去上海的第二志愿学校。

大洛问他："是你所填的第一志愿学校吗？你本应该能去更好的学校的。"

林振兴说："是，但是听说现在这个学校有空调，我怕热。"

在林振兴去上海上大学的时候，大洛去机场送他，林振兴第一次主动抱了大洛，紧紧抱着。

林振兴说："大洛，我要组个乐队，等我成名的时候，开着大巴车进行全国巡回演唱会，到时候一定回来带上你。"

但希望就是用来破灭的，命运就是用来戏弄的，林振兴没有成名，所以他也没有回来带上大洛。

林振兴
5—4

林振兴看了一眼大洛,大洛看了一眼林振兴。四目相对。

大洛拉着林振兴出去了。她想抱抱林振兴,想问问他这些年怎么都不回来,知不知道自己在等他,而且等了很多年。哪怕他没有任何成就,不用他成名,不用他带着她开着大巴车进行全国巡回演唱会,只要他在就好了,但她还是没有说出来。

林振兴很想说自己曾经数次想回来,但是由于一事无成,所以他没有勇气回来;他还曾多次梦见大洛,两个人结婚,有两个孩子,其中一个特别调皮,脾气跟大洛一样,另一个特别喜欢音乐,就跟他一样,但他不是让他跟着自己唱摇滚,而是让他跟爷爷一样听贝多芬、莫扎特、肖邦,教他弹钢琴。但是他看着大洛,盯着她的眼睛,盯着她的鼻子,盯着她的樱桃小嘴,没有说出口。

大洛说:"好久不见。"

林振兴说:"好久不见。"

大洛说:"你知道你爸得了肺癌吗,你还给他烟抽?"

听到"癌"这个字,林振兴突然想起了大洛,想起了高中时大洛失去父亲的情形,想到病床上自己的父亲,想到自己这些年没有回家,为了能买到腊肉而骗店家说自己的父亲要死了,他狠狠地打了自己一巴掌,不自觉地流下了眼泪。

大洛赶紧捂住他的嘴巴,说:"别哭。"

大洛说:"你爸还不知道呢,不过还好,是早期,还有痊愈的可能,你这段时间好好陪陪他,别出去了,成名不成名不重要,你爸爸不在乎,你妈妈也不在乎,你爸妈在乎的只是你陪在他们身边。"

其实她心里还有一句——"我也是",但她还是没能说出来。

林振兴看着大洛,没有说话。

从林振兴家的楼上走廊看过去,很多熟悉的地方都已经变了样,以前他经常去玩的小公园现在也被建成了一个很大的商业区,他从没想过几年时间变化会这么大,就像他从来没有想过自己的父亲会得癌症、大洛这么凶的女生会成为护士一样。

他们回到房间里的时候,电视里还在播放演唱会的视频,林振兴的母亲上来喊他们吃饭。

林振兴扶着他的父亲。下楼梯的时候,他父亲每一步都走得很辛苦。林振兴往前一步,蹲了下来,说:"爸,我背您下去吧。"

他父亲一开始还很倔强地表示不愿意,坚持要自己走下去。

大洛说："叔叔，您不是说以前振兴小时候不愿意走楼梯，都是您背他下去的吗，怎么轮到他背您了就不愿意了？"

林振兴的父亲尴尬地笑了一下，还是弯腰上了儿子的背。

大洛说："振兴，你小心点。"

林振兴背着他的父亲，回头冲着大洛笑了笑。

每走一步，林振兴总能想起小时候父亲背他的情景。他原以为，在他准备离家的那一时刻起，他的记忆就会全部归零，重新出发，在他功成名就的时候再打开那些记忆，那样一切都会变得更加美好，也变得更加宝贵，但是在他背起父亲的时候，他已经不自觉地开启了许多记忆。虽然他没有成名，并没有得到自己想象中的自由，但此刻的他比往日在丽江的所有日子都幸福。

楼梯不长，他小时候数过，一共三十阶，但他小心翼翼地走着，很慢，很慢。

当他放下父亲的时候，他父亲说了声"谢谢"，这让他有些难过，他小时候从来没有跟自己的父亲说过谢谢，他觉得这是一种生分的表现，不像是亲情所能拥有的——亲情就是一个微笑、一个拥抱。

餐桌上摆放着四菜一汤，有花蛤汤、白灼虾、清炒小白菜、苦瓜炒鸡蛋。

刘德伟说："阿姨，这些都是广东菜啊，您还会做广东菜啊？"

林振兴的母亲笑了笑，说："什么都会做一些，振兴也不爱吃辣，他爸爸生病了也不能吃太油腻的，之前大洛说想念小时候她爸爸给煮的花蛤汤。"

刘德伟说："阿姨真伟大，一顿饭能把所有的人都照顾到。"

林振兴把椅子拉出来，示意大家坐下，然后拿碗帮大家都盛了汤。

家的感觉——刘德伟想要家的感觉——就是这样，林振兴的母亲看着林振兴，林振兴的父亲看着林振兴，大洛看着林振兴，此刻他觉得自己其实是一个局外人，但是看着他们很幸福的模样，自己不自觉地露出了微笑。

刘德伟尝了几口，说："阿姨太厉害了，很好吃，比我妈妈做的好吃多了，小时候我妈妈特别忙，每次都是随便炒点菜，但都不是很好吃，不过离家久了，竟有点想我妈妈做的饭了呢。"

林振兴的母亲说："那有空得回家看看啊，不管怎么样，他们一定很想你，就算是嘴里不说，心里其实想得很呢。"

刘德伟点了点头。

大洛说："阿姨，谢谢您。"

林振兴的母亲说："谢什么啊，这几年振兴不在家，都是你来照顾我们。这回振兴他爸爸的事，也麻烦了你不少呢。这么好的姑娘，哪里找啊。"

说完，她看了看林振兴，又看了看大洛。

他们两个的脸同时红了起来。

林振兴的父亲暂时不能回到学校里面，但他很想念孩子们，于是问林振兴能不能代替他给孩子们上几堂课。这回林振兴没有拒绝。虽然组乐队几年了，也在不同的场合表演过，但他想到要面对孩子们，还是有些紧张。他想到大洛之前当过几年的班长，肯定有经验。他父亲刚好吃完药了，得好好休息，所以大洛也没什么事可忙的。于是他邀请大洛陪他一起过去。大洛想到两个人许久没见，也就答应了。

由于家离学校有段距离，林振兴的父亲平时都是搭公交车过去，但现在时间有些晚了，乘公交车应该来不及了，刘德伟便主动提出送他们过去。

林振兴的母亲在他们准备坐车出发时走了过来，要了林振兴衣柜的钥匙，说他好几年没有回来，衣服要重新洗洗。

林振兴想到自己的抽屉里有一摞毛片，有些不好意思，但是想到大洛也在，刘德伟也在，要是他不拿出钥匙，怕他们觉得自己有什么不可告人的秘密，所以他还是拿出来了。

在去学校的路上，他们三个人聊起了曾经就读的学校，聊起了小时候细碎而美好的时光，每个人都感叹童年才是最美好的，但是时光一去不复返，也许在时光机造出来之前，没人能再次回到过去。

林振兴开着车，大洛坐在副驾驶座上看着他，刘德伟坐在后座上，看着窗外的景色。

大洛不知道，林振兴开车只是因为他曾经答应过她有一天会开车回来接她，虽然这并不是他当时说的那样——一辆改装得很漂亮的大巴车，里面有整个乐队的人，甚至现在连车也不是他的，但是至少旁边坐的是大洛。

一路上刘德伟在后座看着他们有时会偷瞄一下对方，觉得车里充斥着恋爱的味道，心想，只有恋爱才能让两个二十六七岁的人这样可爱。到学校的时候，他深刻地明白自己的存在只是一种阻碍，于是他借着要先回林振兴家好好休息为由又把车开了回去。

林振兴的父亲教的是六年级的学生，班上一共有三十五个学生——十五名男生，二十名女生，每个学生都很认真地端坐着。讲台上放着三盒粉笔，两盒白色的、一盒彩色的，桌子擦得干干净净，黑板上除了标出当天的课程以外，还写着一行小字："希望林老师早日康复归来。"

林振兴说："同学们好，林老师生病了，我是你们的代课老师，我叫——"

他刚拿起一根白色粉笔，想要在黑板上写出自己的名字。

一个男同学便回答："老师，我们都知道您的名字，您是林振兴老师。"

林振兴有些惊讶，看看站在旁边的大洛。

林振兴说："那你们知道旁边站着的这位是谁吗？"

还是那位男同学回答："长得这么好看，应该是老师的女朋友。"

林振兴的脸竟瞬间红了，于是他红着脸望向大洛，大洛也看着他。

林振兴说："那同学们怎么知道我名字的呢？难道你们会读心术？"

林振兴开了一个玩笑。

这回是几个同学一起回答："之前林老师给我们看过老师您的照片，还看过好多次呢，说您是他儿子，是他的骄傲，说我们要向您学习，好好学习，才能做自己想做的事情。"

林振兴愣了好一会儿，突然觉得一无是处的自己在父亲眼里竟然是一种骄傲，他越想越觉得对不起父亲，于是低下了头，不自觉地红了眼睛。但是想到自己在小学课堂上，在学生面前哭可不是值得骄傲的事情，于是他努力地把眼泪憋了回去。

林振兴说："那同学们想学点什么呢？"

大家一起回答说："摇滚。"

林振兴惊讶了，想到时代发展得太快了，自己当年上六年级的时候，老师还是教《踏浪》呢，现在的小孩也太能跟时代接轨了。但是他想到父亲对自己唱摇滚的排斥，觉得教摇滚还是不太合适。

林振兴想着现在自己只是一个平常的小学音乐老师，而不是不羁乐队的主唱，于是说："可是老师不太会摇滚啊，要不要老师教你们一首老师童年学的歌曲《踏浪》？"

一位男同学起哄说："老师，您骗人，林老师说您就是唱摇滚的，之前他也教过我们一首，但是他说他唱得不太好听，跟您唱的差远了，您就教教我们嘛。"

又一位男同学也跟着起哄:"就是啊,《踏浪》我们都会唱,老师,您就教我们一首摇滚歌曲嘛。"

一群同学再次跟着起哄:"就是就是。"

林振兴想到自己的父亲竟然会教孩子们唱摇滚,他想到父亲带着电吉他弹唱的样子,不自觉地笑了起来。

林振兴说:"那林老师教你们唱过什么歌啊?你们唱一下给我听,好不好啊?"

同学们齐声唱了起来,是五月天的《倔强》,孩子们大力地唱着,或者在他们心里,声音大就是摇滚。林振兴和大洛站在门口认真地听着。

当我和世界不一样

那就让我不一样

坚持对我来说就是以刚克刚

我如果对自己妥协

如果对自己说谎

即使别人原谅我也不能原谅

最美的愿望一定最疯狂

我就是我自己的神在我活的地方

我和我最后的倔强

握紧双手绝对不放

下一站是不是天堂

就算失望不能绝望

我和我骄傲的倔强

…………

同学们唱完，林振兴备受感动，他也深深地明白，父亲其实也只是倔强，自己也是一样。

林振兴说："那同学们是不是还想学别的啊？"

班上的同学异口同声回应："想。"

"可是老师没有电吉他，得回家拿呢。"

其中一个男同学自告别奋勇地站起来说："我知道哪里有，林老师办公室那儿就有，我去给老师抱过来。"说完，他就跑了出去。大洛喊了一声："慢点儿。"

过了一会儿，那个男同学抱着电吉他回来了。

林振兴发现没有线，突然想到应该教首别的。他说："同学们，我先给你们唱一遍哈，你们先听着。"

他调好了音，想了一下，唱了筷子兄弟的《父亲》，歌声缓缓而来。

总是向你索取却不曾说谢谢你

直到长大以后才懂得你不容易

每次离开总是装作轻松的样子

微笑着说回去吧转身泪湿眼底

多想和从前一样牵你温暖手掌
可是你不在我身旁托清风捎去安康
时光时光慢些吧不要再让你变老啦
我愿用我一切换你岁月长留
一生要强的爸爸我能为你做些什么
微不足道的关心收下吧
谢谢你做的一切双手撑起我们的家

总是竭尽所有把最好的给我
我是你的骄傲吗还在为我而担心吗
你牵挂的孩子啊长大啦
多想和从前一样牵你温暖手掌
可是你不在我身旁托清风捎去安康
时光时光慢些吧不要再让你变老啦
我愿用我一切换你岁月长留
一生要强的爸爸我能为你做些什么
微不足道的关心收下吧
谢谢你做的一切双手撑起我们的家
总是竭尽所有把最好的给我
我是你的骄傲吗还在为我而担心吗
你牵挂的孩子啊长大啦
时光时光慢些吧不要再让你变老啦

>我愿用我一切换你岁月长留
>
>我是你的骄傲吗还在为我而担心吗
>
>你牵挂的孩子啊长大啦
>
>感谢一路上有你

林振兴唱着,其他班级的老师也带着同学站在门口、窗口围观,大洛想起了他的父亲,怎么也忍不住,眼泪一滴一滴地往下掉。所有的同学和老师都安静地听着,就像在此时,这所小学里面,除了林振兴的歌声,别无其他。

在歌声停住那一刻,掌声雷动。林振兴看着班里的同学,看着门口的大洛,看着老师们和别班的同学,他觉得从来都没有这么感动过,在乐队唱了好几年都没有见到过这样的场景。

大家都沉浸在林振兴给予的感动中,突然一个小男孩站了起来,说:"老师,这才不是摇滚。"

林振兴像《皇帝的新装》里的皇帝被小男孩拆穿了一样,尴尬到不知道回答什么好。

这时,那个小男孩又补充了一句:"不过,老师唱得很好听,我们要学。"

"对,我们要学。"所有的同学都大声喊道。

刘德伟

1—11

刘德伟第二天醒来，拉开了窗帘。林振兴的母亲安排给他的房间在二楼，不大。他照着镜子，看着自己身上那件林振兴给的T恤，一只大老虎印在胸前，怎么看都有些"中二"或者说浮夸。窗外正对着一棵大树，听林振兴说，那棵树是他亲手种的，现在它已经长得比屋子还高，但好在并没有遮住阳光，阳光填满了整个房间。

林振兴牵着大洛的手敲开他的房门，他备感新时代人们恋爱发展的速度，但想想他们已经相识十几年，而且一直彼此暗恋，这样也算修成正果了。

昨天刘德伟去接他们之前，本想着帮林振兴的母亲打扫一下他的房间。他听林振兴的母亲说，林振兴房间里面的东西都是按原来的样子摆放着，就想着有一天他回来了能寻回自己家的感觉，她除了偶尔进去打扫一下灰尘以外，别的都没有动。房间的墙壁上贴着各种各样的海报，有电影海报，很多都是关于音乐传记类电影的海报，也有几部文艺片的，除此以外，还有一些专辑封面的海报。刘德伟数了一下自己看过其中哪些，有昆汀的《落水狗》和《杀死比尔》，还有盖伊·里奇的《两杆大烟枪》。

得知林振兴要回来，他母亲早已经帮他换好了床单，但是由于没有衣柜的钥匙，所以没有打开。现在拿到钥匙了，林振兴的母亲便打开了衣柜，只见里面摆放着林振兴的一些衣服，样式老旧，按现在的审美已经过时了，他母亲还是一件一件地拿出来，一件件地帮他放到洗衣机里清洗干净。

除了衣服，衣柜里还摆放着林振兴曾经得过的一些奖杯。刘德伟拿出来看了一下，都是一些选秀比赛的奖杯，都是第二名，没有一等奖，这让刘德伟想起了李国祯，不知道他现在赢了没有。拿奖杯出来的时候，他发现里面有个MP3。现在MP3几乎已经没有人用了，刘德伟像对待古董一样认真地拿出来研究，想到这是自己读初高中时候的玩意儿，那时候内存只是512M，存放的都是自己最喜欢的歌曲，现在手机内存随便都是16G以上。

多年过去了，MP3已经没有电了，刘德伟找出了数据线，给MP3充上电，发现它竟然还可以用。他觉得跟林振兴的母亲收拾的时候可以听一下音乐，便用线连了林振兴房间里的音响。

不过，MP3里面传来的不是当年的流行歌曲，而是林振兴的声音，已经过了十年，他的声音并没有太大的变化，播放的是林振兴唱的情歌，在唱歌之前先是说了一段话。

大洛，这是给你写的第十六首歌，我也不知道为什么一直没有勇气拿给你，不过你最近的状态好了许多，我只是希望你能够加油，不管怎么样，我永远在你身边，不管怎么样，我都会在。

然后林振兴的母亲和刘德伟安静地听着歌声传来。

那个女孩子又出现了
很早就为她怦然心动
想起她学校里的种种
心里难免会涌起暗涌
什么是美梦
她就是我心里所有最美的梦
…………

刘德伟翻看了一下里面的歌曲，发现全都是林振兴唱给大洛的，一共有三十二首。他从昨天车上大洛看林振兴的眼神，就觉得大洛应该也是喜欢林振兴的，只是他们彼此都没有点破。刘德伟突然觉得这次到林振兴家开始变得有意义了。他把MP3充好电，去接林振兴和大洛的时候带上了。在他们上车的时候，林振兴还因对自己的课堂满意而自我陶醉着。

刘德伟说："想要听歌吗？"

林振兴说："好啊。"

大洛说："好啊。"

歌声响起。世界上所有的东西都会有保质期，时间久了都会变质，但是保存的声音不会，车里播放着林振兴的深情告白，传来十年前林振兴给大洛写的歌。

林振兴说："要不关了吧，都是十年前随便录的。"

大洛却把声音调得更大了。

一路上，只有歌声慢慢地播放着，一首接着一首，坐在副驾驶座上的大洛不停地流泪，林振兴从后座上不停地给她递纸巾。

大洛解开了安全带，从前座缓缓地爬到后座上，伸出双手，紧紧地抱住了林振兴。

这次迟来的告白最终有了收获。

刘德伟透过后视镜看着后座上的他们，笑了笑，打开窗，让这股恋爱的气息散播出去，散播在公路上，在两旁的树林里，在空气中。

他们还没回到家，学校的老师和校长就已经打电话把林振兴在学校里所唱的歌以及所受欢迎的程度告诉他父亲了，所以，他回去的时候，他父亲也把自己那份倔强放低了。因为身在过于传统的中式家庭，他们两个没有把各自的心思都表达出来，林振兴只是坐在他父亲面前，紧紧地握住了他的手，握了许久。

林振兴说："爸，以后我哪儿也不去了，我要去您的小学上课，您好好休息就好了。班上的同学都太可爱了，就算到时候您好了，我也不归还位置了，您顶多是我的助教，教他们的《倔强》唱得可不是太好哟。"

林振兴的父亲笑了笑，觉得此时此刻一切都已经无关紧要，过往的一切都不如这一刻。

但是他不知道更好的消息总在后头。得知林振兴和大洛在一起的消息，他立马就坐了起来，哈哈大笑着，好像所有的病痛都消失不见了，握着他们两个的手连说了三个"好"，说完还增加了一句"真好"。

刘德伟觉得林振兴和大洛无疑是幸福的，虽然是所有的"好"都晚到，但是有时晚到的东西会让人更加珍惜，而这份亲情和爱情似乎因为不容易得到而更显珍贵。刘德伟心想，林振兴也许因此几乎再也不会有成名的机会了，或者连他当时所想的那份"自由"也不会再有，但是现在这么看来，这其实并不是一件坏事。

而林振兴知道自己再也不想离开他们了，不管是他的父母还是大洛，而对他以前所抗拒的到小学教书这件事，他真正去做了才发现自己比想象中快乐得多，而且他更有成就感，这种成就感不是去酒吧演唱两首歌曲或者开大巴车去全国巡回演出就能得到的。几年过去了，他再次回头，发现自己当时的抗拒竟然都是错误的，都是无谓的，但好在他最终还是回来了，不再逃避。

而他最近也明白了一个道理，回头不是一件可怕的事情，一直不能面对前面的路却选择继续摸黑前行才是最可怕的，找到能照亮自己的那盏灯才是最重要的。

因为采访还要继续，所以刘德伟要回去跟方文杰会合，经过林振兴这件事，他也收获了感动和温暖。

他坐在车里，林振兴和大洛来为他送行。

林振兴说："等我们结婚时一定要来啊。"

大洛说："谢谢你，一定要到呀。"

刘德伟发动了车，看着他们两个，看着周围的一切，虽然刚来两天，但却感觉来了许久一样，对才认识几天却像老朋友的大洛和林振兴，他竟有些不舍，他点上了一根烟，对着车窗吐了一口烟雾，说："会的，到时候我一定来。"

于是他踩下了油门，从后视镜里看着林振兴和大洛依偎着彼此，直到他们慢慢地从后视镜中消失。

第五部分 绿蚂蚁做梦的夏天

方文杰
2—9

方文杰醒来时，已经是下午三点，他拉开窗帘，阳光照射进来，让人感觉它的存在。电视依旧开着，他没有想去关闭的意思，就当听背景音乐了，似乎因此能让孤独远离。

他喂了阿仁，坐在床头看着它吃完满满一大盆的狗粮。阿仁冲着他摇尾巴，他把玩具丢到房间的另一个角落里，阿仁跑去捡了回来，但由于房间太小了，它跑的时候总会磕到。方文杰想到已经许久没有带它出去遛过了，还是带它出去逛一下吧，顺便去宠物店给它洗个澡。

方文杰冲了个冷水澡，刷了牙，从浴室出来后发微信与这次的采访对象约好时间和地点。之后，他对着镜子照了好一会儿，他已经好几天没有刮胡子了。于是，他刮了刮胡子，换上一件纯白色的T恤、一件破洞长牛仔裤就牵着阿仁带着录音笔出了门。

他们约定的时间是下午六点，现在时间还早，所以方文杰打算先带阿仁去宠物店，帮它洗澡。因为车被刘德伟开去送林振兴了，他担心带着阿仁乘出租车会有些不方便，便把它寄托在宠物店。虽然昨天睡了很久，但旅程总是比平时要累一些，他还是有些困，他怕待会儿见面时会连打哈欠，于是转身去便利店买了杯咖啡。

出来的时候他喝了一口，看着冒着热气的咖啡，他想，夏天喝热咖啡本来就不是很明智的选择，因为喝得比较急，他的舌头烫得有些发麻。

离约定的时间还有一个小时，他拦下了一辆出租车。车里的味道并不好闻，但一路上也没有适合停车的地方，于是他只能一直将就着到了目的地。

方文杰与受访对象约在西西弗书店。那是成都一家发展得较好的独立书店，环境不错，书店门口摆放着荞麦的新书《郊游》分享会的KT板公告，时间是当天。他看过这本书，写得很好，不过也看得出来整体行文是受日本作家的影响，尤其是受村上春树的影响。方文杰到的时候刚好五点五十分，约定的时间还没有到。他站在书店里东张西望，入口处码放的都是一些畅销书，郭忠仁的《无声》也在其中，前台黑板上的排行榜上，他的名字随书一起并列第一名。

要是在出事之前，他的书可能会藏在某个角落里吧，方文杰心想。

由于约定的时间还没到,他想参加荞麦的新书分享会,但是座位已经全部坐满。他只能转身到书店里人少的地方。这时他看到一个二十几岁的女孩站在书堆下看大卫·福斯特·华莱士的散文集《所谓好玩的事,我再也不做了》——林晓筱翻译的版本。尽管这个女孩不施脂粉,脸色有些憔悴,但她依旧美丽动人,穿着低调的宽松裙子和平底鞋,她一边看着书,一边仔细听着音响播放的音乐,皱着眉头,像在努力地想却想不起来歌曲的名字。

方文杰盯着她看了许久,有些心动。到六点钟的时候,他又盯着门外看了一分钟,这一分钟里,来了四个中学生模样的人,还有一对情侣、一对母子,孩子刚进来的时候就吵闹着要买《孙悟空大闹天宫》的立体图书。方文杰暗自庆幸这些人都不是自己等待的那个。他转身偷瞄了刚才那个女孩几眼,心里希望自己等待的那个人就是她。

于是他整理了一下衣服,便过去搭讪,说正在播放的是披头士《艾比路》(*Abbey Road*)那张专辑里面的《太阳出来了》(*Here Comes The Sun*),就是封面上他们四个人过马路的那张专辑。

这个女孩先是一愣,有些惊讶,嘴巴张开了小许,露出了洁白的牙齿,这时她才意识到他在跟她讲话,微笑地回答说:"还蛮好听的,我还想着待会儿跟店员问是什么歌呢。你很喜欢他们?"

方文杰说:"喜欢。但我更喜欢鲍勃·迪伦一些,他们几个是好朋友。我们喜欢的人是好朋友,这种感觉还挺奇妙的不是吗?"

然后他又看了一眼女孩的书，说，"你喜欢华莱士？"

女孩说："嗯，我们现在就在上关于他的课程。"

方文杰说："你在读大学？"

女孩说："研二，念的是比较文学。你呢？"

方文杰说："我毕业了，这阵子在替一个死去的作家完成他没有完成的采访。"说完，他又指了一下门口码放的那本《无声》说，"对，就是他，你看过他的那本书吗？"

女孩随着方文杰的眼睛看了看那堆书，然后伸出手说："哦，是你啊，我是夏天。"

方文杰听完，心里暗自激动，说："我是方文杰，本来还有一个跟我一起来采访的，叫刘德伟，但他送一个朋友回家了，可能要明天才回来，所以这次只有我一个人过来。"

夏天说："没关系。"然后用手指了一下方文杰的衣服肩膀那里。

方文杰以为自己的衣服沾上了咖啡，脸一红，赶紧看了一下，发现原来那上面只是有一根阿仁掉的狗毛。他用手拍了拍，说："早上我抱狗去洗澡了，宠物到夏天就是容易掉毛。"

说完，方文杰拿出了录音笔，说："你不介意吧？那么我们现在开始？"

夏天摇了摇头，然后环视四周，指着书店里面的咖啡厅说："要不我们去那边坐一下？"

方文杰说："好。"

咖啡厅里的人并不是很多，店内低声流淌着陈绮贞的《鱼》。夏天把华莱士的那本书也拿了进来。他们选了一个靠窗的位置坐下，她不再读书，而是看向窗外。从三楼窗口可以俯瞰繁华的街道，人来人往。她眺望片刻这令人茫然的街道，调整了一下呼吸。这时服务员拿着菜单过来了，方文杰递给了夏天，说："你先看看。"夏天说："我就点杯咖啡。"然后对着服务员说："一杯冰美式，谢谢。"然后把菜单递回给方文杰。

方文杰接了过来，没有看，就把菜单还给了服务员，说："你好，我要一杯可乐，加冰。"

服务员记了下来，前往前台下单去了。

夏天问："你喜欢喝可乐？"

方文杰说："还好，之前我跟郭仁忠最后一次见面就是喝可乐，加冰，就当是纪念的一种方式好了。"

夏天说："嗯，你们进行采访多少天了？"

方文杰闭上了眼睛，努力地想了想，数了数，然后睁开眼睛，说："六天，三个地方，采访了一个自由搏击手和一个出租车司机，后来我们在路上遇到了一个摇滚歌手——哦，对，就是刘德伟送回家的那个。"

夏天说："那这次出行，你觉得怎么样，还好吗？"

方文杰说："从某种程度上来说不怎么样，但连续几天都坐在车里看着窗外其实也挺好，而且遇到的人也都不错。"说完，他想了想，觉得好像有什么地方不对劲。他挠了一下头发，傻笑着说：

"明明我是来采访你的，怎么感觉像是你在采访我一样？"

夏天说："这样其实也不错，我之前本科毕业就想去当记者的，但是后来找不到合适的工作才读了研。"

方文杰说："我觉得我们还是回归正题好了，之前每次采访都是事先提问被采访者和郭忠仁的关系，所以这一次我也会问同样的问题，你不介意吧？"

夏天想了一下，像是不太想回答这个问题。这时候服务员把咖啡和可乐端了过来，方文杰把咖啡给夏天挪了过去，然后把吸管移到一边，就着杯口喝了一口可乐。

夏天先是说了声"谢谢"，然后补充说："如果说我是他的第三者呢，也就是小三？"

方文杰的心里五味杂陈，他喝了口可乐，不知道该怎么回应。过了许久，他才开口："这只是你们的一种选择而已，不怎么样啊。"

夏天说："其实这次如果是他来，也不是来采访我的，之前他给我打过电话，说是他跟编辑商量着要规划一条路线采访一些不同的人，会经过我这里，然后过来陪陪我。我只是希望他陪陪我而已。可是我连他的葬礼都没有参加，或者说连参加的资格都没有，没有人通知我，也许我只是他藏在心里的小秘密而已，我连他的遗体都没看到过，我能想象到的就是他曾经给我的拥抱，现在所有的温暖都没有了。"

方文杰不知道怎么安慰她，只是递给她纸巾，但看着她憔悴的脸，估计她前些天已经哭过了，这一次没有再流眼泪。

这时荞麦的分享会结束了，很多人拥进了咖啡厅，很是吵闹。荞麦被安排在他们座位旁边进行分享会的最后一个环节——媒体采访。方文杰深知自己的这次采访不会有什么意义。

夏天说："抱歉，我说了这些，得知他去世的消息，我这几天心情不是特别好。"

方文杰说："没关系，要不要跟我出去走走？现在人太多了，我们还是出去逛一下吧，或者你想去什么地方我带你去？"

夏天说："我们先出去吧，随便走走就行。"

方文杰
2—10

方文杰和夏天从书店所在的商场出来的时候，太阳已经下班了，天色已经有些黑了，而轮班的是各种各样的霓虹灯，街道灯火通明，人来人往，商场外面的LED广告屏播放着轮转广告。到广告播放到海洋馆的时候，方文杰拍了拍夏天的肩膀，示意她看。

方文杰问："那里好玩吗？"

夏天说："我也不知道，我没去过，不要说这里的，哪里的海洋馆我都没去过。你知道吗，有一次我爸妈吵架吵得很凶，我很害怕地躲在角落里哭，那时候我就想着，对我来说，也许这个世界是我本不该到来的。后来他们离婚了，我跟我爸爸说：'爸爸，我想去海洋馆玩。'他说：'我现在忙，你叫你妈妈带你去。'我跟我妈妈说：'妈妈，带我去海洋馆玩。'我妈妈说：'要想去的话就叫你爸爸来接你。'她连编一个理由都不愿意就拒绝了我。后来，我跟郭忠仁谈恋爱,但他也是偶尔才过来陪我,但是每次时间都很短。后来我知道我扮演的原来并不是女朋友的角色,而是小三,但他对我很好,我也舍不得离开他,就只能接受这个设定。他也答应我这次来借着采访之名陪我的,可是后面的事你也知道了,他再也来不了了。"

方文杰看了一下自己的手表,又查了一下海洋馆闭馆的时间。

方文杰说:"走吧,我带你去。"

出租车沿着公路小心地择道而行,方文杰和夏天在后座看着车窗外的风景。天已经完全黑了下来,路灯也远没有太阳光那么明亮,有时候替代品就是这样。几只小鸟贴着两旁的树枝前行,尖锐的叫声通过关闭的车窗传来。

夏天说:"你说你也是作家,那你出过什么书吗?"

方文杰尴尬地笑了笑,说:"没有,但是现在在写。"

夏天说:"是关于什么故事?"

方文杰说:"一部纯粹至极的爱情小说,是我对青春时光的缅怀和肯定的爱情故事。"

他临时编了一个故事大纲。

夏天说:"那是不是也有你的个人自传成分在里面?关于你的前女友?"

方文杰笑了笑,说:"没有,其实我没有谈过恋爱,之前约过一个女孩子去看演唱会——汪峰的,但她最后没有去,去看了邓紫琪的活动发布会。你知道的,他们都爱穿皮裤,所以导致后来我特别讨厌穿皮裤的人。不过我们昨天来成都的时候，跟我们一起回来的那个歌手也穿着皮裤，不过好在他人还不错，所以倒也没有引起我太大的反感。我有时候觉得自己本来就有些幼稚，后来我不知道在哪本书里看过，或者是说电影里说过，说恋爱使人幼稚，我想，如果我真谈恋爱了，那可能就是返老还童了。"

夏天说："返老还童的话更好啊，那就是小孩了，我喜欢小孩。对了，你知道怎么称赞一样东西吗？比如，美食节目里的主持人称赞好吃总是说入口即化，好像也没有别的了，那你称赞一个女孩子漂亮的话，你会用什么词呢？"

方文杰说："像你一样啊。"

夏天的风，仿佛携来了天上的一抹红云，在她脸颊上印上一丝可疑的红晕。

两个人的对话也在司机说"到了"的情况下暂时终结了。方文杰付了车费，打开门下了车。等夏天也下了车，关上门，两个人便走向海洋馆。

因为是晚上，海洋馆里的人不是很多，他们两个人盯着水箱里的鱼看了很久。

夏天说："你说，鱼困在这里会不会很害怕啊？"

方文杰说："你听过一个理论吗？鱼的记忆只有七秒，所以它们并不知道自己被困在了这里。每次碰壁的时候它们总是想着'妈的，这里咋有块玻璃'，心想着以后要记着别往这边游，结果待会儿又碰壁了,又心想着'妈的,这里有块玻璃'。"

这句话把夏天逗乐了,她小声地笑了两秒,然后收了笑声,发出了感叹:"人要是鱼就好了,这样也许就不会记得不开心的事情了。"

方文杰说:"可要是这样的话,那些藏在心里的美妙也都全然忘记了啊,事情总是这样。"

不一会儿,方文杰和夏天到了海豹表演的地方。周围围了一圈观众,一个男人拿着彩巾站在水池边上比画着,外放的音乐有着迷人的节奏。他们两个人兴奋地看着,找了个位置不错的地方坐了下来。每当海豹做出一些高难度的动作时,观众就努力地回应。表演结束后,人群散去,方文杰和夏天继续往前走。很显然夏天被刚才的表演打动了。

夏天说:"我以前只在电视里看过。"

方文杰说:"我也是。"

从水族馆出来时已经是晚上九点二十分,他们打车回到了市里。两个人在街上走着,成都的夜晚到处都是吃夜宵的地方,他们两个已经聊了几个小时,但是似乎并没有想要散场的意思。

他们两个在街上漫无目的地走着。几对情侣从他们身边经过,都是学生模样,一对对都牵着手。

夏天说:"这样的爱情真好,我刚读大学的时候也谈了一个男朋友,他是一个乐队的鼓手,后来我们分手了。有一天我们也是这样在街上逛着,他突然跟我说'我们分手吧',我当时也不知道是什么情况,我也没问,然后说'好吧'。后来就这么分开了,我再也没有见到过他,他也再没来过学校。后来我听过很多关于他版本的故事,有人说他出家了,有人说他在意大利那边留学,也有人说他死了,但是不管怎么样,我再也没有见过他。"

方文杰说:"那你更愿意相信哪个版本?"

夏天说:"我也不知道。"

方文杰不知道要回应些什么,这时候他们路过一家小餐馆,方文杰问她:"要不要吃点东西?"

夏天说:"好啊。"

餐厅不大,只有七八张桌子,因为是夜晚,更多的客人都被外面的大排档所吸引,所以餐厅里的客人不是很多。女服务员迎上前来,将他们带到了窗边的座位,将菜单摆在桌子上。方文杰一页一页地翻看着,但还是不知道点什么好。

方文杰说:"你看看想吃什么,朋友都说我是点菜杀手呢。有一回,我有一个朋友过生日,他是个作家,就是写《像狗一样奔跑》的里则林,当时只有我提前到了,他说:'你先点菜吧。'我点的都是大菜,就是十盘能摆满一大桌子的那种。我点了十几道,桌子都差点摆不下了。结果他没有邀请太多人,只来了五个,那天大概也是这个时间,五个人盯着那十几盘菜,无从下口。然后我就被封为点菜杀手。"

夏天嘴角上扬,但不敢笑出声音来。她说:"那真是失败的一餐。"

方文杰说："是啊，我总是想，人要是不用吃饭就好了，就像手机一样，可以充电，边上班时边充电，也免去了为吃什么而烦恼，这样的话，可以多出来很多时间，比如，看电影啊，看小说啊，看动画片啊，像是《瑞克与莫蒂》《辛普森一家》《飞出个未来》那种类型的美国成人动画片，特别好看。"

夏天说："可是这样的话就少了很多乐趣啊，不用吃饭，聚会就没了一个更好的理由，总不能说我们一起看电影吧，然后约十几个人出来，大家一排齐坐在电影院，看完电影各自回家吧。总有交谈的时候才能感觉到陪伴，我不喜欢孤独，我喜欢有人陪着，也许是因为小时候我爸妈总是不愿意陪我。"

这时候，服务员端上了两杯柠檬水，说："您好，请问决定吃什么了吗？"

夏天快速地扫了几眼菜单，点了几道菜，说了声"谢谢"，然后把菜单还给服务员。

方文杰说："孤独的时候你可以发呆，就是什么也不想，不是打坐，也不是冥想，那样就太有宗教的意味了，有那么多的人失落、痛苦或是愧疚，都要到教堂或寺庙里面寻找答案，其实就是把自己解决不了的问题交给教堂。我觉得宗教除了能够推动文化的发展，没有其他值得宣扬的地方呢。孤独的时候就是单纯的发呆，脑子空白一片，我有时候就是这样，读书的时候就是这样，不过你千万不要在公众场合发呆，我读书的时候常在教室里面这样，同学们都以为我是傻子呢。"

这时候来了一对情侣，男的带着相机，背着一个大背包，留着中分的头发，个子有些高，他也拿着菜单点了几道菜。方文杰听后小声地笑了笑，然后附在夏天的耳朵上说："这就是点菜杀手。"夏天像是全身触电般，陷入了深思，脸上终于绽开了真正的笑容。方文杰在她眼前晃了几下手，夏天像是旅行途中被拦了去路一样马上便把思绪收了回来。

方文杰说："你刚就在发呆。"

夏天笑了笑，摇了摇头。

方文杰
2—11

吃完饭，方文杰买了单，与夏天漫无目的地并行。

此时已经是晚上十一点，他们走到一个公园门口时，夏天停了下来，说："要不我们进去坐一下吧，如果你不着急回去的话？"

方文杰摇了摇头，但又怕被误会自己不愿意去多待一会儿，赶紧补上一句："好啊，不着急。"

他们并肩坐在公园的长椅上。公园不大。路灯将周围照得敞亮。公园里，除了他们两人，再也没有别人。

月亮仿佛锐利的弯刀悬在空中。

几只流浪猫随着他们的声音跑了过来。

夏天从包里掏出面包，撕成许多的小块放在地上。流浪猫一点也不怕人，就在他们的脚下一点一点地吃着。夏天抚摸着其中一只小奶猫的背。

方文杰说："你喜欢猫吗？"

夏天说:"喜欢,以前我经常一个人来这里,包里总会带着一些食物,喂给他们吃。你看那只白猫,我给它起名小黑;那只黑猫,我叫它小白。"

方文杰说:"你把它们的名字和特征给起反了。"

夏天说:"这多有意思啊。"

方文杰说:"那你不打算养一只吗?"

夏天说:"之前我抱过一只回宿舍。一开始的时候,舍友还特别喜欢的,还帮忙洗澡什么的,后来时间一久,大家也都烦了,后来只能把它送回来了。对,就是那只花猫。"

方文杰也跟着她抚摸同一只小奶猫,然后手不小心地碰到了一起。他连忙解释:"对不起。"

夏天微笑着回答:"没关系。"

小奶猫大概饿坏了,吃得很专心。

这时候很多蚂蚁突然围了上来,它们很努力地想搬走面包,但是无奈力气太小,怎么也搬不动。夏天把面包撕成更小的碎屑,丢在地上。

方文杰说:"你说世界上有绿蚂蚁吗?"

夏天想了想:"应该没有吧。"

方文杰说:"我也不知道有没有,那你说它们会不会做梦呢?"

夏天又想了想:"不知道,应该不会吧。"

方文杰说:"我觉得会,夏天,应该连绿蚂蚁都会做梦才对。"

夏天说:"那其他的季节呢?"

方文杰说："我管不着其他季节啊，但我喜欢夏天。"

夏天听到这句话，脸突然又红了起来。

喂完小猫，他们便向公园门口走去。从长椅到公园门口的距离不是很远，但是他们走得很慢，或许他们都不想结束这场漫无目的的旅程。方文杰觉得，之前的旅程是安排好的，不能算真正意义上的旅程，虽然路途远比这天晚上他和夏天所走的长了很多，但他更喜欢这天晚上的。夏天也是这样，所以她并没有要求加快步伐。

但天下总是没有不散的宴席。

夏天虽然心里不太愿意现在就结束这段有方文杰陪伴的时光，但担心误了方文杰往后的行程，支支吾吾地说："这么晚了，要不我们就在这里分别吧，我学校就在这儿附近，我走路回去也没多远，你回去应该还有些距离。今天谢谢你。"

方文杰心里虽然有一万个不愿意，但他知道，总会有分别的时刻。他想到了郭忠仁，他羡慕郭忠仁，他也恨郭忠仁，但是郭忠仁已经死了，他无法对其挥出一拳或者发出羡慕的感叹。他知道，旅程总有结束的时候，他说："没关系，我先送你回去吧，你一个女孩子大晚上的也不太安全。"

路灯、月光、楼房、半夜行走的人，似乎都与他们无关，好像其他的一切都成了他们两个的陪衬。一路上他们几乎没有说话，也不知道应该说些什么，不知道怎么开口表达，就这么一步一步地走到了学校门口。

夏天抬头看着方文杰的脸,笑着说:"那我先回去了,要不你打辆车?"

方文杰摇了摇头。

夏天说:"可是这么晚了也没有公交车了。"

方文杰摇了摇头。

夏天突然笑了:"你真的像个小孩子,要不我带你去我们操场坐一下?我们学校足球场的草坪可舒服了。"

方文杰努力地点了点头。

似乎每个大学都长得差不多,差不多的教学楼,差不多的小吃街,差不多的学院路,连操场都差不多。操场此时已经熄灯了,他们两个就躺在草坪上。

方文杰说:"我们要不要玩一个游戏?"

夏天说:"什么游戏?我可没有带扑克牌出来。"

方文杰说:"不用扑克牌,就是你问一个问题,我回答一个问题就好了。"

夏天说:"我不,这不就是真心话大冒险吗?我才不回答呢,而且你说你没有谈过恋爱,所以我一定是吃亏的,不过一想到我们明天也要分离就难免有些伤感,你说我们以后还会再见面吗?"

方文杰说:"不知道,我觉得我应该还会想着见你。"

夏天说："好吧，好吧，那你问吧，但不能是跟性有关的话题啊。"

方文杰说："你跟郭忠仁是怎么在一起的？"

夏天想了想，咬了一下嘴唇，然后说："我们是在一场分享会上认识的，就在傍晚我们所在的西西弗书店。当时是冯唐的新书分享会，他说他来成都玩几天，见一个朋友。他人还蛮好的，长得帅不是吗？后来他再来成都时找过我几次，也不知道为什么，突然有一天我就被他吸引了，就像中了魔咒一样，像吃了毒苹果的白雪公主，然后被王子的一吻给救了。后来我们就在一起了，再后来我发现自己只是第三者，但是我又舍不得分开。之后他死了，是哪个童话里说的来着，人死了就会变成一颗星星，你看，天上的星星那么多，你说哪一颗会是他呢？"

方文杰说："是《卖火柴的小女孩》？我已经忘记得差不多了，但史铁生在《奶奶的星星》里面提到过，我记得高中时还做过一道选择题，当时我做错了，人们总是喜欢记得做过的错事。不过，我想，变成星星只是文学作品的一种美好想象而已，如果地上死一个人，天上的星星就多一颗，人类那么多，也死了那么多，因为战争、瘟疫、病痛，更别提普通的生老病死了，如果是那样的话，那么现在天空挤满了星星才是，而不是现在我们所看到的零星几个。"

夏天转过身来，对着方文杰，方文杰也转过身来，对着夏天。就着月光，两个人你看着我，我看着你，空气中充满暧昧的气息。

他们没有对视，一个人看完，然后故意抬着头看了一下天空。

夏天突然想起轮到自己问问题了，说："那你呢，有没有喜欢的人？"

方文杰说："有。"

夏天说："我回答了那么多，你就回答了一个字？"

方文杰说："可是问题的答案就是这样啊，不能因为答案短就是错误的，就好像谈恋爱，不能因为认识的时间短就说这是不对的，就说这里面完全没有爱的成分。"

夏天故意把头转开，过了一会儿才又转回来。

夏天说："我觉得我刚才的问题不对，应该是现在有喜欢的人吗？"

方文杰盯着夏天看，没有说话，吻了上去。

方文杰
2—12

方文杰躺在床上，翻来覆去地，怎么也睡不着。他想起了昨晚和夏天的谈话，想起了在他们学校草坪上的那个吻，他觉得一切像在做梦，但事实上就是发生了，猝不及防。他房间里的电视还开着，播放的还是他这些天追的电视剧，但是他一点想看下去的意思都没有，心里只是想着昨天发生的一切，他深感幸福来得太快，这种幸福是他从来没有体会过的。

昨天晚上他们一夜都没睡，就躺在学校的草坪上看了一夜的星星。方文杰心里也知道下一步要做些什么，应该带她回到自己的房间里，让这份爱更进一步，让这份感情升温得更快一些。但他看过《志明与春娇》，他很喜欢余文乐里面的一句台词——"一辈子很长，有些事不用一下子全部做完"。他也觉得后续的日子很长，慢慢来，这份美好才能永久保存。

虽然说是夏天的夜晚，但是到凌晨两三点的时候还是很冷，他紧紧地抱着夏天，玩一种感受心跳的游戏。学校里的夜晚总是最安静的，不像他小时候在铁路旁，每晚都有火车的鸣笛声，他认为那是世界上最难听的声音。不过，要是现在听的话，他也不会感到厌烦，就算现在他讨厌的所有人都站在他面前，他也能很客气地请他们喝杯咖啡，人总是这样，遇到幸福的事情总会感叹世界的美好。天亮时阳光照耀在他的身上，晒得皮肤有些疼。

学校早晨的气息比很多地方似乎来得都要早一些，六点的时候已经有同学在操场跑步了。方文杰和夏天四目通红地对视着，彼此沉默了好一会儿，一个夜晚，两个人聊的话加起来比以往几个月都多，就好像他们的恋爱关系加快了播放速度一样。

因为刘德伟通知方文杰今天要前往下一站，说是出版社那边正在催稿，希望能够尽快完成采访，好让新书赶上现在的热度。方文杰本来想着，有了爱情谁还想管采访的事情，他只想跟夏天聊天、吃饭、看电影、喂流浪猫，陪她做她喜欢的所有事情。但是他又想到，如果不把采访进行下去，是一种不职业、不负责的表现，这也是郭忠仁的遗愿，如果没有完成的话，估计会在夏天心里留下不太好的印象，所以他还是打算赶回去陪刘德伟把最后一站采访完成，然后回来找夏天。他曾邀请夏天陪他上路，但是由于夏天还有课，所以他未能如愿。

两个人的关系在一夜之间就变了，由陌生到熟悉，由熟悉到暧昧，这种快速的进展让他们两人都觉得有些疯狂，好在这种疯狂并没有让他们感到恐惧，而更多的是美好。

从操场到学校门口这段路,方文杰数着一共有三十八棵树,一共走了七百六十步,一路经过学校的食堂、图书馆、教学楼,好像因为夏天的关系,他对跟她有关的一切开始在意起来。

到了学校门口,他们停下了脚步。

夏天盯着方文杰看了许久。

方文杰问:"怎么了?"

方文杰以为自己脸上沾到了草坪上的草,于是摸了一下,但发现什么都没有。

夏天说:"我就想再看看你,我不想忘掉你的长相。"

方文杰听完也盯着夏天看了许久。

夏天问:"怎么了?"

方文杰说:"本来我能记得你七十年的,因为算命的说我能活到九十三岁,我就是想多看一看你,这样就能保证我下辈子也不会忘记你啊。"

夏天问:"你说我们还会见面吗?"

方文杰说:"当然啊,就像是你给我两个选择,说,你下次见我的时候就得娶我,要不以后再也不要见我了,那我也会选择娶你。有些时候就是这样,就算我不知道娶到你会不会幸福,我们会不会有一个和睦的家庭,会不会整天吵架,会不会你从来不管家务,会不会你整天只顾着打麻将,那我也会选择娶你。"

夏天笑了笑,说:"或许这是你心中浪漫的情话,可一点也不浪漫。"说完拉起了方文杰的手,接着说,"我会等你的。"

方文杰说:"你知道我现在在想什么吗?"

夏天摇了摇头。

方文杰说:"想你。"

夏天说:"可我就站在你面前啊。"

方文杰说:"就算你站在面前也想你,我知道离开了会更想你,所以我采访结束后的第一件事一定是回来找你。"

夏天说:"我等你。"

方文杰用打车软件叫了一辆车,他还要赶回酒店收拾东西,此刻他希望最后一站的采访赶紧完成,这样他就能早点回来找夏天。

两人看着对方的眼睛。方文杰牵过夏天的手,紧紧握住。他们微笑着温柔地拥抱着。待他们分开后,夏天拆下了手机的挂饰,是一只金色的小猫,递给了方文杰。

夏天说:"这个送给你,你拿着,不准丢哟,到时候要是不见了,我可饶不了你。"

方文杰接了过来,轻轻吻了一下夏天。

此时车已经停在他们身旁。

夏天说:"那再见了。"

方文杰说:"等我。"

方文杰坐在车上,夏天就站在学校门口看着车远去,直至消失不见。

不管怎么样，方文杰都不能入睡。他坐了起来，在房间里面来回踱步，看啥都觉得很美好。

此时刘德伟已经到楼下，打电话叫方文杰下楼，跟他进行最后一站采访。方文杰收拾好东西，把挂饰装在了手机上，心里暗念着，一定不会丢的，一定不会。然后他拖着行李箱下了楼。

回到车上，方文杰坐在副驾驶座上，满脸花痴地看着手机上的小金猫。

他说："我恋爱了。"

刘德伟惊讶地看着方文杰的脸。

刘德伟说："你这他妈的才一天，火箭发射的速度都没你这么快吧。"

方文杰只顾着幸福地笑着，没有回答。

刘德伟觉得这一天过得太魔幻了。先是林振兴和大洛，现在连和自己一起上路的哥们儿都声称恋爱了。

在车行驶了五分钟后，刘德伟突然想起了阿仁。

刘德伟说："阿仁呢？"

方文杰"啊"了一声，说："还在宠物店里面呢。"

刘德伟想起前女友领养饱饱的那个星期没有理他，而方文杰因为只顾着谈恋爱就把阿仁忘记了，深感男女思维真是不一样，只能哀叹一声，按照方文杰给的地址，把导航地址切换到那家宠物店，迅速开过去。

刘德伟
1—12

按照导航上显示，成都到长沙要走1193公里，不间断地行驶都要十五个小时。他们现在正在成都的新鸿路上行进，去长沙要一路往东前行，途中要经过包茂高速和杭瑞高速。方文杰坐在副驾驶座上继续欣赏他的小金猫，阿仁在后座上趴着睡。刘德伟看了一眼时间，现在是早上十点整，自己已经在林振兴家吃过早餐了，但看着方文杰那样，想着恋爱足以让他几天不吃饭，所以就没有刻意停下车找地方吃点东西。

行程已经接近尾声，刘德伟想象着这本采访集由方文杰整理出来会是什么样子，但想不出个所以然来，他还是觉得一切发生得太快了，想问一下方文杰的恋爱细节，但方文杰只是笑着不说话，他有点怀疑自己是否进入了一个异度的空间，这个空间比自己所能接受的时间速度快了很多，于是用力踩了油门，想要以车的速度赶上这个时间差，但并没有赶上，最终还是接受了这个事实。

路途时间过长，刘德伟觉得太无聊了，想找方文杰聊天，但他已经睡死过去，而睡着的时候嘴角还露出了微笑。

他打开广播，试图去缓解一下寂寞，但是又担心会影响到方文杰的美梦，于是就放弃了，眼睁睁地盯着前面的路。

刘德伟每次开长途车总会想起他的父亲，他父亲之前是长途客车司机，所以见到他的时间也比较少，他父亲每次回家总是跟他讲一些在路上发生的事情。那时候他还小，对很多事情懵懵懂懂。其中有些温情得倒像是编的故事，比如说半路有孕妇突然要生孩子，他父亲立马就联系了附近的医院，快速地前进，闯了许多红灯，赶到医院，最终母子平安，全车的人都没有半点埋怨，都为他父亲的所作所为欢呼。比如，半路上被几个劫匪拦住了去路，最终是他父亲想了方法让大家脱险，安全归来。这些故事多少都带着点个人英雄主义，他之所以觉得像是编的，是因为他父亲从来没有跟他说过这些路上故事的细节，比如，在哪家医院生的孩子，有几个匪徒，但是他小时候因此觉得应该要去看看外面的世界，这也是他后来远离家乡到北京工作的原因。

刘德伟一直觉得自己的父亲是一个还不错的人，但就是对故事的讲述方式让他不是很满意，总是跳过细节，引不起共鸣和真实感。他上小学的时候，老师说让爸爸教孩子写作文，但是他父亲教了一个晚上，他只写出了两百多字，而老师的要求是五百字，他有时候想，这是不是他最终不能成为作家而只是一名编辑的原因。

刘德伟跟他父亲的关系还不错，两个人没有争吵过，不像林振兴和他的父亲那样因为观念不符或者其他问题而发生过争吵，他父亲说他半辈子都困在客车里面，一切都是跟一辆客车有关，一直希望儿子不要被困住，要自由一些，所以导致刘德伟一直觉得待在办公室里也并不是自由的。

而这次出行他困在一个比客车更小的空间里，他突然明白了他父亲所说的自由的真正意思，他虽然每次都说自己被困在客车里面，但是他每次讲起自己的工作都充满自豪，他所说的自由应该更多的是在精神层面。

在高速公路上的服务区里，刘德伟给车加满了油，看方文杰睡得特别香，就没有叫他吃饭。他心想，这家伙得是搞了多少回才会累成这样。他一个人去吃了饭，又到服务区的商店里转了转。返回的时候，他帮方文杰打包了些吃食，在离加油站远些的地方抽了根烟。在他小的时候，他父亲每次回家都会给他买一样服务区的特产，跟他说这是哪里的特色。当时他觉得世界上最厉害的地方一定是高速公路上的服务区。但是后来自己学会了开车，他才知道事实并不是这样，除了难吃的饭，还有特别贵的特产，服务区里别无其他，他不太明白为什么父亲总会带那么多自己喜欢的东西回来。他转了无数个服务区才发现，其实并不是服务区厉害，而是他的父亲厉害。

刘德伟抽完烟，收回了思绪，回到车里面，把饭放在座位上，抱起阿仁，带它去撒了泡尿，喂它吃了点狗粮，喝了些水。阿仁冲着他摇尾巴，他笑了笑，对着阿仁说很快就可以回家了，阿仁也像听懂了他的话，汪了两声。

刘德伟把车门打开，阿仁很自觉地跳回了车里面。他帮阿仁关上了门，然后打开驾驶座的车门。他看了看方文杰，他正头靠在车门上，那种睡着时莫名的微笑被刘德伟命名为"情窦初开"。他把给方文杰打包的饭放在后座，又怕吵醒了方文杰，于是指着饭，用手指头在嘴边摇来摇去，示意阿仁这是方文杰的饭，它不能吃。阿仁倒也听话，用嘴把饭盒顶到了一边，自己则是趴下来睡觉。

车已经行驶了六个小时，方文杰醒过来两次，但都是问到哪里了，刘德伟报出了地名，还没来得及说后座有吃的，方文杰就又睡死过去。刘德伟不是一个太爱说话的人，他觉得这是遗传自他父亲，而这次他觉得他父亲不爱说话且总讲不好故事是因为他一直在路上开车，虽然后面坐的都是客人，但他几乎没有开口与他们闲聊的机会，他像是恍然大悟一样对自己点了点头，觉得自己的猜想是正确的。

下午五点的时候，方文杰终于醒了过来，而这次醒来不是再问刘德伟现在到哪里了，而是再次对着小金猫傻笑。

刘德伟说："醒了？后座有饭，你先吃一点。"

方文杰说:"我昨晚一夜没睡,所以睡得有些久。不过我现在不是很困了。待会儿你要累了就找个服务区停一下车,换我开就好。"

刘德伟说:"没关系,你先吃饭吧。"

方文杰说了声"谢谢"就伸手到后座拿盒饭。他一边吃饭,一边很着急地问:"我们还有多久能到啊?"

刘德伟说:"已经走了七个小时,快一半的路程了。"

方文杰说:"那不远了。"

说完,他就安静地吃自己的饭。

吃完饭,方文杰问:"你知道世界上最难吃的饭是哪里的吗?"

刘德伟说:"哦,你要说是服务区的吧?"

方文杰说:"比这个还难吃的呢?"

刘德伟摇了摇头。

方文杰说:"比服务区里更难吃的是服务区里面打包并放了好几个小时的饭。"

刘德伟说:"那你他妈的还吃完了?"

方文杰笑了笑,说:"饿嘛,而且我有低血糖,怕晕倒。"

车已经行驶了八个小时,已是傍晚六点多了,夜幕降临,刘德伟在服务区里停了车。两人一起去洗手间里撒了泡尿,然后蹲在垃圾桶旁抽烟。

刘德伟说:"最后一站了,有点不舍呢。"

方文杰说:"是啊,最后一站了。"

除此之外,他们没有说多余的话,把烟掐灭,丢到垃圾桶里,然后回到车上。

方文杰坐到了驾驶位,把座位往后调了一下,然后系好安全带,再过七个小时他们就能到最后一站长沙了。方文杰虽然有点不舍,但还是想着采访能尽快结束,他好立马坐车或飞机去成都找夏天。

刘德伟看着窗外,夜晚已经到来,他伸出头,看着天空一点点地变黑。他突然想到,开长途车就是跟太阳赛跑的过程,他的父亲可是跟太阳赛跑了很多年啊。

第六部分
深夜汽车维修指南

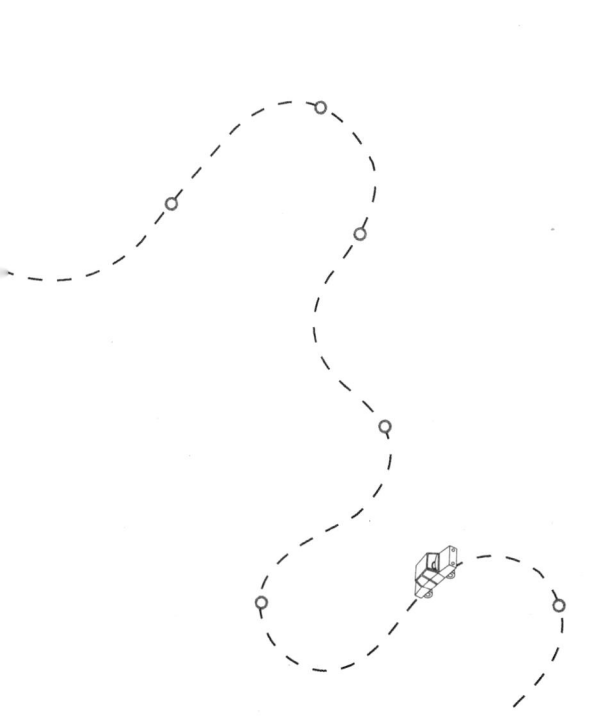

方文杰
2—13

方文杰开得很快，觉得越快就能越早见到夏天，陷入恋爱的人就是这么不理智。

前往长沙的路还有七百多公里，如果按照导航开的话，大概需要六个多小时，但他开得很快，快到导航都跟不上速度而死机了。

由于不知道路况，他只能放慢速度叫刘德伟帮忙重启导航。为了让导航跟上速度，他心里虽然痛骂科技不够发达，但也不太好意思明着跟刘德伟说出来，怕他再深问而自己答不上来。

方文杰打开了收音机，正在播放的是晚安故事，刚说到精彩的地方。大意是说一个男人离婚后发现自己爱的其实是同性，在离婚一年后终于鼓起勇气约了一个男人，两个人睡在床上，早上醒来的时候发现那个男人的钱包里藏着他前妻的照片。

方文杰对后面的情节紧张得不行，想尽快知道答案，但刘德伟觉得这个故事过于无聊、狗血，便切换了频道，刚好这个频道是怀念港台逝去的那些巨星的栏目，里面提到了张国荣、梅艳芳、黄家驹这些巨星。刚轮到梅艳芳开唱《似是故人来》时，唱了没两句，方文杰就迫切地想切换回刚才的频道，想知道那个故事的结局。但他调了好几次，最后终于找到那个频道时，主播正在做最后的陈述。

> 生活远比电影狗血，他们两个的相遇是命运的安排还是戏弄呢，我们不得而知，今天的晚安故事就到此结束。

这可把方文杰气得不行，他跟刘德伟说："刚听到精彩的地方你就换了台，港台歌星有什么好缅怀的啊，逝去的人就让他逝去好了，我们应该关注一下当下。"

刘德伟也觉得有点不爽，但是他并没有做出回应，只是把频道调回刚才听音乐的那个频道，梅艳芳的歌声又响了起来，这让他想起小时候在家里听录音带的时光。

方文杰看到刘德伟默不作声，自己也生闷气。他还在想后面的故事到底是怎么样的，到底那个男的是自己前妻的新男朋友还是新老公或者是前妻整了容变了性，他不得而知，但却又想知道结局，否则他会一直惦记着。不管是看电影、看电视剧还是看小说，他都很迫切地想知道结局。有时候他觉得过程不好看，会跳过去看结局，也就是因为这样他从来没有看过《银魂》，甚至其他有关的连载他都不会看，他生怕有一天作者跟郭忠仁一样突然死去，如果刚追到一半没有追到结局，那么前面的一切都是白看了。所以，对夏天也是如此，他很迫切地想再次见到她，哪怕最终两个人没有在一起也没有多大的关系，重要的是他要知道会是一种什么样的结局。

方文杰知道这不是一个好习惯，他也想改掉这个习惯，但是不知道从什么时候开始，想改正的一切坏习惯都永存于心，反倒是那些好的习惯在不知不觉中被岁月偷走了。

刘德伟听完节目，觉得刚才抢了方文杰的频道有些不对，于是点了根烟递给方文杰。方文杰接了过来，冲他微微一笑，他假装放下了刚才的结局，强制自己压抑下去，然后吸了一口香烟，说："离终点越来越近了呢。"

刘德伟说："是啊，总有离别的时候。"

方文杰说："有些离别是无从告别的，像是一瞬间就分开了，郭忠仁就是这样。"

刘德伟说："有时相聚也是一样的，今天我觉得特别奇怪，先是林振兴跟他女朋友说手牵手在一起了，哦，对，就是他在车上说的那个高中女同学；接着是你一上车就跟我说你谈恋爱了，我就以为自己进入了另一个平行时空，一切发生得太快了。"

方文杰对着车窗外弹了一下烟灰，又猛吸了一口，没有问林振兴的恋爱细节，他不太喜欢比，怕万一比起自己昨天晚上的浪漫难免有些不乐意，但是要是太平凡又没有听的必要，所以他就选择性地跳过林振兴的恋爱部分。

方文杰说:"那他跟他爸爸和好了吗?"

刘德伟说:"和好了,他现在应该就是选择留下来当小学老师了吧,所有叛逆总有回归的时候。"

方文杰说:"那蛮好的啊,也许他一直追寻的自由就在学校里呢,这可说不好,我们总是这样,一心想要特立独行,想要活得不一样,但是人生下来就已经很不一样了——不一样的相貌,不一样的声音,不一样的家庭,所有的都不一样,我们总是忽略这一点。"

刘德伟点了点头,表示赞同。

方文杰说:"他的出发也许只是为了证明自己能行,但是也许到最后发现事实上没人要他的能行,而只是要他能活得轻松点吧。"

刘德伟说:"只是这样他的梦想应该就此结束了,所谓的歌手梦就这样断了。"

方文杰说:"但这样也说不上是错误的选择,梦想这东西总是不停地更换,大家会越活越认清自己罢了,我们从小学开始,老师提问:'你们长大了想当什么啊?'你知道我想当的是啥吗?我当时的回答是我想当个水手,也许是小时候看《大力水手》的原因,不知道你有没有看过,就是他一吃菠菜,手臂就会变粗,最后把坏人打倒,这也导致我小时候特别爱吃菠菜,但事实上这并没有什么用,一点用处都没有。后来我长大了一些,我发现,我们那边连海都没有，所以当个水手啊、船长啊，根本就不可能。再后来我就开始看小说，看的大都是关于海的小说，像是《白鲸》《老人与海》《海上钢琴师》这些，然后我看得多了，就写了一篇关于大海的作文给学校。老师对我进行了大力的表扬。后来我跟老师说：'老师，我要更换我的梦想，我要当一名作家。'当时班上所有的人都笑话我呢。但是这又有什么关系呢？梦想这东西就是这样，总可以在不同的时候调节的，总有适合自己的，林振兴也好，我们这几天采访的李文豪也好，李国祯也好，他们也是在不停地调整、更换之中。"

刘德伟说："梦想这玩意儿也许就是这样，不过大家越来越少谈梦想了，梦想只有实现了才有意义。"

方文杰说："是啊，比如说每天行走在路上的那些人，他们往往只是借助一些谈资让别人看得起自己。我有时候也是这样，因为我特别害怕，害怕别人嘲笑我没有目标、没有主见，但是有一天我突然成功了，不管是成为导演、作家、船长、水手还是商业精英，我只要实现其中一个，跟别人说我的梦想就是实现的那个，别人看中的就是我所实现的那个梦想，而不是我当时口口声声所称的在路上的那个，人就是这样，而所看到的人也是这样。"

刘德伟说："嗯。"

方文杰接着说："就像林振兴，他也许的确过了几年苦日子，最后也不算成功，也不知道算不算实现了他更换的梦想，但是对他来说，他已经做到了，而他的做到，不管是回归或者说再次出发都好,他都是成功的,而他前几年的苦日子也可正当搬出来当作炫耀的资本,但是如果他一直在路上,他所有的苦水对别人来说都只是笑谈,一点价值都没有。"

刘德伟想了一下,努力地点了点头。

车还在行驶,这辆车似乎也因为他们这次的谈话变得更加努力,觉得一定要开到终点才算完成自己的目标,而这次的旅程对它来说才有真正的意义,但是,完成目标的路上难免会遇到一些障碍。方文杰一边开着车一边往一旁倾斜,他便打开了右转灯,在应急车道停下了车。

他们下来的时候,发现轮胎被扎爆了。刘德伟从后备厢里拿出了汽车备胎和千斤顶,方文杰拿出停车指示牌,往后走了一段路,放好。

此时已经是零点,离长沙还有二十多分钟的高速路,应急车道旁边写满了补胎电话,旁边不停地有车往前行驶,超越他们,晚上一切声音都被放得无限大,包括蝉鸣、车辆行驶的声音。

他们用千斤顶先顶住车,想把坏掉的轮胎拆下来,再装上备胎,但是找了全车都找不到拆轮胎的工具。

他们互相看了两眼。

方文杰说:"有时候有备胎其实没什么用。"

刘德伟用手机的手电筒功能照了照旁边护栏上的补胎电话。各种各样的都有,有一个电话号码还被涂改了一个数字。

刘德伟说:"看来是事故多发地段,我们还是打电话让别人过来帮忙修理吧。"

方文杰说:"应该是他们故意在路边撒钉子的,要不不会在同一个地段竞争这么大。"

刘德伟没有回答,掏出手机,给其中一个打了电话。

两个人点燃了烟,修车的师傅说他二十分钟后到,他们就蹲在路边等着。

要是一个人的话,等待总是久一些,两个人在一起,时间似乎总会过得快一些。

修车师傅的时间观念特别好,他没有迟到。只见他把皮卡车停在路边,下车看了一眼,看到车身的封面和郭忠仁的人像,又看了看他们的车牌号。

修车师傅像发现了什么秘密,但是秘密总是不能说的才叫秘密,所以他并没有说出来。他只是找了一个借口,说:"啊,你们这辆车的型号跟我带的工具不太配,你们得再等一下,我叫我们同事过来。"于是他打了一个电话,然后在微信群里发了一张他们这辆车的照片。

于是他们三个又在一旁抽烟等着,本来两个人熟悉的人等待时间是很快的,但是强行加入了一个陌生人,感觉时间像是又慢了不少,他们连续抽了好几根烟才等到第四个人。

这次开来的是面包车,先是司机下车,然后又下来了一个、两个、三个……一共七个人。刘德伟和方文杰觉得大事不妙,想赶紧拿出手机报警,但他们很快就被一群人围住了,手机被夺走了,他们被蒙上了眼睛,强行押到了面包车上。

董宝忠
6—1

董宝忠喜欢看电影，尤其喜欢看黑帮题材的电影，特别钟爱杜琪峰，香港的黑帮电影他几乎全部看过，后来香港黑帮电影不能满足他了，他便开始看好莱坞的、日本的、韩国的，而他所认为的最经典的《教父》三部曲看了很多遍，不过近来由于市场或是其他原因，电影院引进的黑帮题材电影越来越少，但是电影还是要看的，而他此时看的是新上映的《银魂》真人版。

有的人因为老师说的一句话，有的人因为爸妈讲的一篇睡前故事，有的人因为自己偶像的一篇文章，而立志成为什么样的人，而董宝忠是因为看了《古惑仔》这一系列的电影。

董宝忠很喜欢《古惑仔》，因为里面的人物讲义气，他由此一心想要成为一个黑社会团体的话事人，也一直朝着这个目标前进。

对于这次来看《银魂》，是因为看完所有黑帮题材的电影（当然有些也是因为不太会找资源，但他一直假装全部看过），董宝忠到处问别人有没有关于友情和义气爆棚的电影、电视剧，一个同学跟他说过，可以试着看《银魂》，特别热血，特别好看。

由于觉得看动漫不太符合一个组织话事人的身份，所以他都是偷偷地看，虽然觉得特别好看，但也不说，那个一直向他推荐的同学问他的感想，他就向对方回答并没有看过。

对于这部真人版电影，当初公布演员阵容的时候，其他动漫大家总是担心真人毁原作，他现在不禁担心原作毁演员了。

好在电影没有让他失望。

董宝忠后来还喜欢过一部叫《一拳超人》的动漫，但由于埼玉老师这个角色的设定有个不如坂田银时吸粉的因素，即埼玉老师没有过去，而坂田银时的过去很燃，给人一种深藏不露的感觉，导致董宝忠也喜欢伪装得深藏不露，所以，相对来说，他更喜欢坂田银时一些。

人们总是喜欢跟自己相似的人。

董宝忠喜欢看电影，喜欢安静地看电影，所以看电影时从来都是独行的，从来不要人陪同，连女孩子也不要。他倒是交过几个女朋友，虽然大家都喊她们为"大哥的女人"，但是大哥的女人也会因为大哥不带她看电影而选择分手，他从不会因此妥协，还是觉得安静地一个人看电影更重要一些。因为喜欢安静，所以他所选择的也大都是接近凌晨的场次。

在今天去看电影的时候，他特意告知自己的几个手下或者说下线，大哥看电影去了，有什么事情自己处理。

看完电影，他回到家时，已经是凌晨两点。他想起了他的大哥，他死了，出车祸死的。虽然大哥的死导致他成了新的大哥，但是他并没有因此感到多么幸福，就像《银魂》一样，要是坂田银时死了，而新八就算继位成了万事屋的老大，估计他也不会太开心。相对于大哥这个位置，他更希望自己还是小弟，彼此间的义气还在，而不是大哥死了。因为身份特殊，他连大哥的葬礼都没能参加，这对他来说是一个非常大的遗憾。

刚进组织的时候，一直是他大哥在背后支持着他，跟他说，只要多发展几个下线，到时候一定能够获得很大的成功。他对成功看得倒不是很重，但是为了大哥，他拉了不少人入伙，其中很多是他的同学、朋友，这些人最终都成了组织里面的重要成员，而他也成了其中一个部门的老大。他的很多下线一直想要喊他"董总"或者"宝总""忠总"，但是他最喜欢的称呼还是"大哥"，因为只有这样才能体现出兄弟情谊。

但是现在的组织发展越来越难了，他刚来的时候就发现了，他的大哥招他进来的时候，还有一批人一起进来，当时没有举行任何仪式，这让他备感黑社会组织的辛酸，他便跑过去问大哥，为什么不能像《无间道》那样一起拜个关二爷。他大哥跟他说，现在不同往日了，时代不同了，大家的信仰也就不同了，有的人信道，有的人信佛，有的人信基督，有的人信天主，而更多的人是无信仰的，所以他们也就开始把这些流程简化了。董宝忠虽深感遗憾，但是觉得大哥说得有理，就再也没有问过。他只是交了钱，又找了几个下线，然后大家围在一起看一些励志的文章，偶尔还有老师来讲讲课什么的，大家都是想着以黑社会这个组织的名义赚到大钱，但是董宝忠不同，他是为了友谊和义气还有完成那个当组织里话事人的梦。

他之前看过一则新闻，说是现在日本山口组的一个组长都去超市偷西瓜了，对此他深感痛心，但这也是没有办法的事情。他觉得，除了日本的西瓜贵这一因素外，还有就是现在不管是中国、日本还是意大利，治安越来越好了，社会都快容不下他们了。一开始他们要去开拓一下地盘，但是现在大家动不动就报警，他也深知自己的下线或者说小弟们现在都是靠不停地招收下线，让他们交份子钱来维持组织的一些正常开销。但他还是坚持自己的底线，没有要求他们去做街头血拼、贩卖毒品这些事。不过，老师们上课时一直跟他们说，只要西部开发文件下来，大家很快就会飞黄腾达，但是他知道，这个概率还是比较小的，但为了能保持组织内部军心稳定，他不得不选择默许这种说辞。

他听说现在他的下线们招下线不太容易了，由于新闻媒体各种舆论的炮轰，越来越少人选择加入这个夕阳产业，有些小弟为了揭得开锅都开始往高速公路上撒钉子了，就是为了骗取补胎钱，他对此事也是睁一只眼闭一只眼。他大哥之前拿走了一大笔钱，说是出去放高利贷，但是从来没有人见过他收钱回来，而且他已经死了，这些钱估计再也收不回来了。虽然他对组织经营的各种事务很是头疼，但他从来没有恨过大哥，如果没有大哥，他就不能实现梦想，不能成为梦想中的黑社会成员，不能讲电影里那样的义气。

董宝忠洗了个澡，看着自己的小房间，他从来不嫌弃自己的房间小，他借着并不太明亮的白炽灯，看着贴在墙上的那些电影海报，都是一些经典黑帮电影海报，有《教父》《古惑仔》《新世界》《无间道》《美国往事》，虽然他所处的时代与那些主角不同，他只能在夹缝中生存，但是没关系，兄弟在，义气在，他觉得这才是最重要的。

他躺在床上，想起了他的大哥，他是一个还不错的人，当时招他进来的时候，跟他谈了很多，关于黑帮电影，关于组织的发展，关于未来的前程，还特意找来老师给他讲了几天的课。跟他一起进来的人热情高涨，大喊着口号，虽然跟他在电影里面看到的不是很一致，但他还是看到了希望。

现在大哥死了，他知道自己身上的担子重了许多，但他也知道，为了大哥，为了组织，为了义气，他必须扛住。

他许久没有做梦了，但是，他这次梦见了大哥，他醒来的时候，看了一眼手机，他的手下给他拍了两张照片，一张是被绑的两个人，另一张则是大哥的车的照片。

他连脸都没洗，穿上西装，就赶紧骑了辆电瓶车赶了过去。

刘德伟
1—13

在出发前，刘德伟和方文杰预测到路途中会遇到各种各样的事，有好有坏，像被抢劫了，突然就发生一夜情了，或者像郭忠仁一样出了车祸，再也回不到家或者工作岗位，但他们从来没想过会被绑架。

此时天已经很亮了，空荡荡的房间里，两个人已经手麻脚麻，动弹不得。

危难的时候见真情，他们虽然各自抱怨对方是否有仇家而连累到自己，但后来聊着聊着就开始真情告白，对此次旅程总结所得到和所失去的，守门的两位大哥听得浑身起鸡皮疙瘩。

窗处是满眼的绿色，杂草丛生，因此他们判断这座房屋已经荒废许久，他们也试图研究如何解绑，然后破窗逃亡。刘德伟看过一个解绳求生的魔术，但是由于没有被过多吸引，他就没有看完，此时他后悔莫及，真是逃生技能用时方恨少。

这种被绑的滋味远比荒野求生糟糕得多，至少那里还有一个小岛的自由。

正当他们要放弃，抱着死就死的心态想眯一会儿时，门被推开了。一个穿西装的男人进来了，年纪二十六七，圆寸头，戴着墨镜，西装已经有些破旧，看得出来已经穿了很久，而且不是什么名牌货。

他进来的时候，后面的小弟们站成一排，其中一个给他搬了把椅子让他坐下来。这个人对着他们两个人摘下了墨镜，满脸杀气。

他盯着他们两个看了许久，像是分分钟就要下令把他们枪毙，然后吩咐小弟把他们用水泥封在油桶里面，沉到海里。

但事实上并不是这样，他只是拿着车钥匙往刘德伟那边晃了一下。

董宝忠问："这车哪儿来的？"

刘德伟和方文杰各自看了对方一眼，两个人虽然方向不同，但是都摇了摇头，说："不知道。"

董宝忠看了一下钥匙，发现那是自己的电瓶车钥匙，尴尬得赶紧放回口袋里面。旁边的小弟想笑但都强忍着，没有一个敢笑出来。

董宝忠又掏出了郭忠仁的车钥匙，就像刚才的事没有发生过一样，把刚才的动作重复了一遍。

董宝忠问："这车哪儿来的？"

刘德伟说："借朋友的车。"

方文杰说："你喜欢啊？"

董宝忠说："喜欢个屁！这他妈的是我们老大的车，你们是哪个帮派的，老大是谁？是阿虎，还是大狗？我大哥是不是就是你们害死的？"

其实董宝忠并不认识什么大狗、阿虎，对其他帮派一无所知，但是想到吓唬人总要是装作一副老江湖的样子才行，所以临时起意编了几个名字。但是由于文化水平不高，不能编什么唬人的名字，电影里面也大都是一些以动物命名的人物会成为大佬，所以他就把他认为的动物园里最厉害的都搬了出来。

刘德伟心里想着，这下坏了，估计是卷入什么帮派斗争了。

方文杰心里想着，这些老大的绰号咋都是动物啊？

刘德伟摇了摇头。

方文杰摇了摇头。

站在董宝忠旁边的小弟都有点看不下去了，有两个冲动的都开始抡拳头了，说："你们他妈的知不知道现在我大哥问你话呢？"但被他给拦住了。

他看过很多电影里面的审讯，本来以为自己能学到些什么，但是发现并没有。

他想到了大哥，要是大哥在就好了，但现在大哥不在了，一切都要自己扛起来。

他围着刘德伟和方文杰转了一圈。刘德伟和方文杰看着他的脸，明显看得出这位大哥有点失落，又想到其中一定有什么误会。

刘德伟说："可是我们不知道你大哥是谁。"

董宝忠说："不对，你们不知道我大哥是谁为什么会开他的车？"

刘德伟说："都说了是借朋友的车，我们要来进行一次采访，我们的一个朋友死了，他是一个作家，给我们留下了地图，所以我们算是帮他完成遗愿。"

董宝忠说："那你他妈的怎么开着我大哥的车？"

刘德伟说："都说了不知道啊！你想想，看你们这架势，你大哥一定是一个很了不起的人物，但是往往这种了不起的人物会把自己藏得很深不是吗？你有没有想过，可能他只是开着套牌的车？"

董宝忠说："这我倒也想过，但是你他妈的怎么还在车上喷我大哥的照片？"

刘德伟说："这可能是个误会，车上那个就是我那个朋友的照片，你有没有想过可能是因为喷绘师傅手艺不精呢？"

方文杰突然像想到了问题的关键，觉得这样下去也不是方法，于是说："那你们的老大是谁？"

董宝忠说："江湖人称'龙一'，就是比龙五还要强四倍。可惜他死了。"

他说着说着，眼睛开始红了，像是立马要落泪的样子，看得出来他对那位大哥的感情很深。

方文杰心里想着，怎么还是动物啊，而且比龙五强四倍的不是龙二十吗，他们黑社会是不是数学不太好？

但是他不敢说出来。

方文杰安慰他说："对不起，这可能真的是有什么误会。我们不知道什么龙一，我们真的就只是来采访的。"

董宝忠说："那你们说说来采访谁，估计这之间必定有什么联系。"

刘德伟说："不知道呢，我们也不认识，只是每到一站就会打电话给地图上标记的人，还没到长沙就被你们的人绑起来了。"

方文杰说："事实就是这样。"

董宝忠说："那你们死去的朋友叫什么名字？估计他也是另一帮派的大佬。"

他们齐声答道："郭忠仁。"

董宝忠摇了摇头说："不认识。"

方文杰说："就是车身喷绘的人像，还有那个封面也是他写的书。他只是一个作家，可能长得有点像你大哥而已。"

董宝忠说："要不你给你们要采访的人打一个电话，我们去找他问清楚情况，然后你就可以走了。"

刘德伟说："这样不是害了采访的人吗？这可不行。"

方文杰说："我们虽然不是江湖人，但还是要讲义气的啊。"

董宝忠被他们感动了，这就是他一心想要加入组织的原因，一个字——义。

但是他又想到，大哥的仇也不能就这样算了。此时他心里充满了矛盾。

旁边的小弟已经有些不耐烦了，说："大哥，还是不能放过他们，这样的话他们要是出去报警就不好了。"

董宝忠回头看了一眼小弟们，又围着他们转了一下。

董宝忠突然想到了什么，他叫小弟把他们的行李拿了过来。他在里面翻看了一遍，除了他们所说的地图、录音笔，并没有违法的东西，没有管制刀具，没有枪，他觉得这可能真的是误会而已。

但在准备关上行李箱时，董宝忠看到了折在角落里的地图，展开后看着地图所标的路线和电话号码，他在长沙站看到了自己的电话号码。

于是他知道大哥就是郭忠仁，郭忠仁就是龙一。

董宝忠合起了箱子，给他们松了绑。

刘德伟和方文杰赶紧揉搓了一下已经被绑得通红的手腕。

他们互相看了几眼。

董宝忠半弯下腰鞠躬说："对不起，不知道你们是我大哥的朋友。"

刘德伟看了一眼方文杰，方文杰看了一眼刘德伟，不知道应该回应什么。

董宝忠说："吃完饭再走吧。"

方文杰
2—14

方文杰和刘德伟从来没有想过郭忠仁竟然是一个黑社会组织的老大。

董宝忠没有想过自己的老大竟然是一名作家,对他的佩服又升了一层。

这座房子是三室一厅,除去他们受绑所在的房间,还有两个更小的房间,但没有任何的家具,连椅子都没有,地上铺着报纸,摆着一些成功学书籍,如卡耐基的《人性的弱点》,还有《羊皮卷》等。客厅里面摆放着一个黑板,写着"所有的胜利都在前方"。

方文杰总是觉得在哪里看过这种人群居的新闻,于是偷偷地问刘德伟这是怎么回事。

刘德伟小声说:"这应该是传销组织。我一个大学同学是名记者,一心想要调查传销团体的运作模式,想写出一篇特稿让更多人明白传销的性质,可以远离传销。前阵子他跟我说他要去广西做卧底。前几天他还打电话跟我说,他们那儿有个大项目,但是人手不够,让我赶紧去帮忙,包我赚大钱。我觉得他说的估计就是这个。"

方文杰也偷偷地说:"那咋搞得跟黑社会一样?"

刘德伟小声应和着:"可能两者都有,看这架势,估计是要干票大的,抢个银行什么的。"

这时,董宝忠回过头来看了看,他们也停止了交谈。

董宝忠看了看,发现没有地方可坐,于是又回到他们二人被绑的房间里面,铺上了几张报纸,示意他们坐下来。

待他们坐下后,董宝忠又从钱包里拿出仅有的一百块钱递给其中的一个小弟,叫他去买些饭菜回来。他还问刘德伟和方文杰想吃什么,他们说随意。

待小弟离开后,董宝忠也坐了下来。

方文杰从包里拿出了录音笔,问:"可以吗?"

董宝忠说:"没想到大哥的计划里还有我。"

说完,他还脸红地笑了一下。

方文杰心想,这黑社会大哥还脸红?这到底是什么组织啊?

方文杰说:"那么我们的采访就要开始了哟。"

董宝忠说:"可是我能不能提一个要求?"

"您说。"方文杰为了能活着出去,还使用了敬语。

董宝忠说:"因为你们是大哥的朋友,我信任你们,我们谈论的内容,我说哪里不能录进去,你就不能放进去。"

刘德伟和方文杰同时点了点头。

方文杰说:"通常来说,第一个问题总是要先了解被采访的人跟郭忠仁的关系,所以你也说说。"

董宝忠说:"他是我大哥。你们应该看过《古惑仔》吧,他就相当于里面的陈浩南,倒不是说我们要开拓多少街道、占领多少山头,毕竟时代不同了,大哥所教导的也并不是那种打打杀杀的黑社会生活,我们所要做的就是招下线,然后让这群人共享一个秘密——关于西部大开发的秘密,说是现在先交多少钱入股,再招下线,这样到时候我们的组织有一些钱运转了,每个人都能分得一千四百多万。其他的兄弟都是这样进来的,都希望获得高分红、高回报。但我不是,当时另一个朋友说是遇到了困难,要我过来帮他,我所接受的教育就是义字当头,所以我过来了。后来我偷偷地把他放了出去,他逃走了,但我没来得及逃跑,就被关了起来。我想着,完了。我希望那个朋友报警,但他并没有这样做,他再也没回来。反而是大哥,他跟我说我很有义气,是否愿意跟着他一起进行一种新的创业模式,就是把香港那套老旧的黑社会翻新,重新制定一个方向。起初我也觉得这只是一项不可能完成的任务,但是他还叫老师给我上了几天课,大哥也给我讲了一个故事。几天过后,我就知道,我所想要跟的大哥就是他。"

"嗯,大哥给你讲的故事,你能给我讲来听听吗?"方文杰好奇地问,今天的事颠覆了他对郭忠仁的认识,这就好比自己回看某部电影的时候发现之前一直崇拜的那个英雄竟然是个反派一样。

董宝忠说:"是一个缅甸的童话:有一条恶龙,每年要求村庄献祭一个处女,每年这个村庄都会有一个少年英雄去与恶龙搏斗,但无人生还。又一个英雄出发时,有人悄悄尾随。龙穴铺满金银财宝,英雄用剑刺死了恶龙,然后坐在尸身上,看着闪烁的珠宝,慢慢地长出鳞片、尾巴和触角,最终变成恶龙。"

方文杰说:"这与你跟随你的大哥有什么关系吗?"

董宝忠说:"故事还没有完,尾随者返回村庄说出了这个秘密。他告诉人们:'第一,我们要团结起来去打败恶龙;第二,我们要警惕每一个英雄,不让他们受财宝吸引而堕落。'尾随者受到了村民们的拥戴,被称为'导师',他率领村民再次打败了恶龙。在村民们严密的监视下,参战的英雄们也没有堕落,和平持续了几十年。"

董宝忠继续说道:"想听下去吗?要是你不感兴趣,我就不往下说了。"

方文杰说:"要是不长的话。"

董宝忠说:"不太长,故事比较简单。"

他先是喝了口水,继续讲下去:"导师去世后,参加最后一战的英雄们开始声称根本没有英雄堕落这回事,是导师欺骗了村民。他们囚禁了导师的亲人和朋友,结伙搬去龙穴居住,并索取村民们的供养。他们把自己身上越来越多的片状物、越来越长的条状物都称作英雄特色,并且宣称这种变化是人类不可避免的宿命。

"日子就这样一天一天地过去,终于有一天,一个绝望的村民无意间发现了导师的坟墓。村民们掘开了墓穴,突然明白英雄们所说的一切都是谎言。因为在那白石建造的墓穴里，水晶的灵柩里躺着的并不是恶龙的遗骨，而是他们似曾相识的凡人。这就是世上唯一一位没有堕落的英雄的故事。"

刘德伟和方文杰听完，都一脸迷茫。

"可是这个故事里面有什么教训吗？"方文杰问。

董宝忠说："有啊，有两条，"他边说边竖起手指头，"第一，我们都曾是英雄，但也会有变成恶龙的一天，我们要找到自己的导师；第二，所有的英雄与导师结伴才能成就大的事业。而我们大哥就是这么一位导师。"

刘德伟和方文杰面面相觑，不知道该如何回应。

三人陷入了沉默。

等了许久，董宝忠的小弟还没有买饭回来，他便打电话催其赶紧回来，刚挂掉电话，就听门外一声巨响，突然冲进来二十多名警察。刘德伟和方文杰赶紧蹲在一旁，看呆了。

本以为会进行一场火并，按照电影剧本，他们应该把藏在角落或草丛里的枪都拿出来，跟警察对执，然后抓住他们两个当人质，要求警察准备一辆车，以便逃亡。但董宝忠的小弟们在警察刚冲进来时就赶紧蹲下排成了一排，像军训时等着教官点名一样。

简直太孬了。

警察团团围住他们。屋子里都是人，每个房间都被控制了。

全部的人都被反剪着手，默然地看着周围。

胖警官拿着对讲机不停地说:"嫌疑人已经全部落网,嫌疑人已经全部落网。"

但外面的警车还是不停地鸣笛,像是来了一批又一批。

胖警官又拿起对讲机大声喊道:"嫌疑人已经全部落网,不用再来人了,不用再来人了。"

而此时去买饭的小弟已经换上了警服,站在警察的队伍中。

董宝忠看着他穿警服的样子,觉得世界上最恶心的事不过如此,虽然他的手已经被反扣住,但他还是拼命想踢那个出卖组织的小弟,边踢边骂。

但他很快被两位警察压制住了。

胖警官拿着喇叭喊:"袭击警官,罪加一等。"

刘德伟和方文杰想要试图强辩,说他们只是过来采访的,别无他事。

警察说:"你有权保持沉默,但你所说的一切都可以成为呈堂证供。"

警察接着说:"还有什么话要说的吗?"

他们看着这架势,只能摇了摇头。

所有的人都被分批地押上了警车,刘德伟、方文杰、董宝忠三个人被单独安排在一辆严加防守上的车上。

刘德伟想,这下死定了。

方文杰想,这下可怎么办啊?

董宝忠想,真对不起大哥。

方文杰

2—15

他们一行人被送到了公安局。

他们三个被分开审问。

审讯室不大,四周是墙,一扇铁门和一扇小窗紧闭,方文杰四处张望,想寻找机会逃出去,但无奈他又被铐在了椅子上,前面是一张大铁桌,无从逃起。他对面坐着两名警察——一男一女,看起来都很严肃。桌子上放着文件、茶杯,还架着一台摄像机。

男警察负责审问,女警察负责做笔录。

男警察说:"姓名。"

方文杰说:"不是应该等律师到了才开始吗?"

男警察说:"你香港电视剧看多了吧?姓名。"

方文杰说:"方文杰。"

男警察说:"怎么写?"

方文杰说:"方文山那个方文,张杰那个杰。"

女警察说:"他们两个我都喜欢,怎么到你这儿就看着那么讨厌呢?"

男警察盯了一眼她,看得出他的官职更高一些,女警察不得不低下头,不再说话。

男警察说:"年龄。"

方文杰说:"二十三。"

男警察说:"民族。"

方文杰说:"汉。"

男警察说:"学历。"

方文杰说:"本科。"

男警察说:"职业。"

方文杰说:"作家。"

男警察说:"来长沙做什么的?"

方文杰说:"采访。"

男警察说:"采访什么?"

方文杰说:"常规的采访,代替一名死去的作家进行他没有完成的采访清单,他的名字是郭忠仁,如果警官大哥不相信,可以看看当当网上的榜单,他的书现在排在当当网总榜单第一位。"

说完这些,方文杰有些委屈地接着说:"警察大哥,我们采访都没有问这么细啊。"

男警察敲了敲桌子,说:"你给我严肃点,这是审讯,不是采访,我不是你什么大哥,叫我警官。"

方文杰说:"警官同志,您真是误会了,我们真的只是来采访的,对于这次事件完全是莫名其妙地卷入的,这都是巧合啊。"

男警察说:"哪有那么多莫名其妙的巧合?老实交代,你跟另外两个人是什么关系?我们已经盯了一个早上,你们看起来很像组织头目。"

方文杰说:"如果你盯了一早上,应该看到我们两个是被绑来的啊。你们真的是误会了,我们也是受害者。"

男警察说:"那很抱歉,我们没看到,我们只相信眼见为实,再说,要是你们是人质的话,那么当时另外一个应该要挟你们让我们让路逃亡啊,但并没有发生这种事,你还是老实交代,坦白从宽。"

方文杰说:"没有什么可坦白的啊。"

男警察说:"从我们卧底那儿得知的资料,这个组织二十个人的伙食费一天也就二十,而你们来了却要拿出一百去购买,这难免不能说明你们是头目吗?"

方文杰说:"警察大哥,我真不知道,再说,家里再穷,来客人了总要招待一下吧,这是常理啊。"

男警察说:"你看,你都承认自己是客人了。老实交代所有的犯罪经过。"

方文杰说:"我们真的是昨晚才到长沙的,在高速公路那边车胎被钉子扎了,就打了个电话让修车的过来,然后修车的人过来,把我们给绑了,后来误会刚解除,你们就来了。"

男警察说:"那你们为什么不报警?"

方文杰说:"当时想报警的,但是手机被抢走了。"

男警察拿出了方文杰的手机,然后转过去放在他的面前,说:"你撒谎,我们捕你的时候,手机明明在你身上。"

方文杰百口莫辩,沉默了一会儿。

男警察说:"争取早点交代,我们就当你是自首。"

方文杰说:"警察大哥,您怎么就是不相信我呢?"

男警察说:"要是谁都相信的话,那我们警察局还开来干啥?"

方文杰一直沉默,不知道应该如何反驳,他从来没有想过会落到今天这样的下场,他没有喊冤枉,这些只是古装剧里才可能发生的剧情。

男警察见方文杰不说话,看着他已经干裂的嘴唇,便倒了杯水,走到他的面前,自己先喝了一口,见方文杰也跟着咽了咽口水,便说:"要喝吗?"

方文杰点了点头。

男警察说:"要喝的话,我给你倒一杯,但是你要先说出你的犯罪经过、涉案人数、涉案金额。"

方文杰摇了摇头,他觉得现在陷入了一种不可控的境地,他甚至连自己犯了什么事都不知道。

男警察显然有些气急败坏,他把杯子里的水一口喝光,说:"即使我们没有你一句口供,但只要证据充分,照样可以定你的罪。"

方文杰此时已经饿得不行,也渴得不行,由于一天一夜没睡,整个人都变得迷迷糊糊的，他开始想起小时候，想起中学，想起大学，想起工作，想起这次旅程，他很努力地想着，想找出一个自己被抓进来的理由，想要早点供认自己的罪行以便喝口水，但他发现找不到。

男警察带着女警察离开了审讯室，离开时还嘲讽了一句："你知道你们这个组织破坏了多少个家庭吗？让多少个家庭妻离子散吗？我们待会儿回来，你好好想想，好好坦白作案经过。"

方文杰说："我真的不知道。"

在这个炎热的夏天，加上身处几乎不透风的小房间里，方文杰怎么咽口水都没有用，他开始全身汗流不止。他看看铁窗，看着手铐，看着桌子，看着摄像头，晕乎乎的。

他迫切地想喝点水，努力不让自己闭上眼睛，但还是晕了过去。

刘德伟
1—14

刘德伟想要尽快把车开到医院,听广播说前面连环车祸导致了严重堵车,在大排长龙的马路上,所有车只能走走停停,车辆间距很小,大家都在焦躁不安中一点点地往前蹭。刘德伟随着车群蠕动,而想掉头,后面的路也已经被堵死,看不到希望,他着急地时不时回头看后面躺着的方文杰,希望能早点送他到医院。

警察那边通知他可以离开时,他本来还想争辩些什么,但看着昏迷不醒的方文杰,他赶紧喂他喝了点糖水,把他扛到后座上。虽然他也困得要命,但硬是睁着带血丝的眼睛,让自己能够清醒地载着他到医院。

他也像路怒症一样疯狂地按着喇叭,迫切地想要到达医院。

此时已经是下午两点,在快到医院的时候,方文杰醒了过来,口中还念叨着水。

刘德伟见他醒了,赶紧给他递了水,回头看着他喝完。后面的车不停地按喇叭,他也没有理会,等着方文杰把水喝光。

方文杰坐了起来,有些理不清到底是在做梦还是现实,他看着窗外的风景,看着两旁的白桦树,陷入了他跟夏天所说的发呆状态。

刘德伟边开车边问他要听什么歌。

方文杰摇了摇头。他的嘴唇虽然还是有些发白,但好在他已经醒了,因此刘德伟松了口气。

方文杰说:"我们现在去哪儿?"

刘德伟说:"医院。"

方文杰说:"不用去了,我缓一下就好了。"

刘德伟说:"那我们先回到市里面吧。"

方文杰说:"像一场梦不是吗?"

刘德伟说:"那也是一场噩梦。你先好好休息一下,我知道你有很多问题想要问,但一切都过去了,你先好好休息一下。我们先找一个地方休息一下,我再好好跟你说。"

方文杰也没多过问,便点了点头。

刘德伟踏着油门缓缓地跟着车流前进。看着车流,他想起了北京,每次出行的时候,路上都会这样堵,但他不再像之前那样着急了,方文杰已经醒了,他心上的石头也已经放下了。

在审讯的时候,警察差不多问了刘德伟同样的问题。

他一开始也是一头雾水,原本打算放弃争辩,想着旅程总有些冒险的成分,只能等待后续的发展。这时警察说事情已经了结了,董宝忠已经把所有的罪名都扛下来了。

刘德伟先是松了一口气,后来又替董宝忠不值,从他和董宝忠的谈话来看,董宝忠并不是一个坏人,事情的始作俑者也不是他,而是郭忠仁。他想为董宝忠开脱,说明些情况,但当时听警察说方文杰已经晕倒,赶紧扛着方文杰进车里,想带着他去医院。

他也从警察口中得知,董宝忠他们所处的并不是什么黑帮,而是单纯的传销组织,黑帮只是一个壳子,以便诱惑那些想要快速发财的无知者入伙。

他回想着这一天一夜所发生的荒诞事件,真的像刘德伟所说的一样,像一场梦,但好在梦已经醒来。

刘德伟还是把车开往医院。到了医院门口,车停了下来,此时方文杰的脸色已经好了不少。

方文杰说:"我没事了,我现在只是想吃点东西,然后睡上一觉。"

刘德伟说:"真的没关系吗?"

方文杰看了一眼车窗外,看着"急诊"那两个大字,说:"以前跑步的时候也晕过,低血糖,小事。我们先找个地方吃饭吧,然后找个地方休息一下。"

他们在一家湘菜馆门前停了车。方文杰先进去的时候,还回头看了看，看到没人跟上来就放心地推门进了餐厅。餐厅里面的人不多，往里面走到尽头还有一个后门，方文杰就在最里面找了个位置坐下。看着桌子上筷子筒里装满了筷子，旁边有两个罐子，一个里面放着辣椒油，另一个放着盐。方文杰想，如果再有人来追捕他们，他们可以一个人把筷子筒里面的所有筷子全部拿起来，全当武器丢出去，另一个人赶紧把辣椒油和盐撒到对方的眼睛里，再把桌子推倒，争取点时间，赶紧从小门逃出去。

方文杰先坐下来，摆好了碗筷。此时刘德伟也跟了过来，方文杰向他招了招手。

刘德伟说："怎么坐得这么靠里面啊？"

方文杰说："如果再有人来追我们的话好逃跑，计划我都想好了。"

刘德伟看着方文杰被吓坏的脸，不知道给予什么安慰好。

这时服务员走了过来，她放下菜单就给他们倒了杯水，然后转身离开了。

方文杰把菜单推给了刘德伟，说："你看看你想吃什么。"

刘德伟翻看了几页，虽然已经饿坏了，但他反而不知道点什么了。他叫来了服务员，简单地点了几道常见的湘菜，如小炒黄牛肉、爆炒河虾等。

点完菜后，他盯着方文杰看。

"好些了吗？"刘德伟问道。

方文杰喝了口水，点了点头。

方文杰接着说:"警察怎么就放过我们了呢?"

刘德伟说:"其实就是一场误会,我们也是受害者,董宝忠他们一伙也不是什么黑社会,只是打着黑社会幌子的传销组织,现在他一个人把所有的罪名都扛了下来,但是前提是要放走其他所有人,这里面包括我们俩。"

方文杰说:"可这并不算董宝忠的错啊,因为按他那么说,或者按他所表现出来的,就像一个一心想加入黑社会的傻瓜被强行推进了一个传销组织一样,他也算受害者吧。而郭忠仁才是罪魁祸首啊。"

刘德伟说:"你说得对,但是他已经死了。董宝忠就算是受害者,也是他的不幸,对他的认知偏差来说,认罪也许并不是一件坏事。对郭忠仁来说,他的死也等于他的罪恶得到了惩罚。"

菜一道道地上着,方文杰饿坏了,他不再回应刘德伟的话,而是转开了话题,说:"我们先吃饭吧。"

劫后余生感觉所有的饭菜都特别香,他们像刚从荒岛逃回来的幸存者,每一口都是狼吞虎咽。

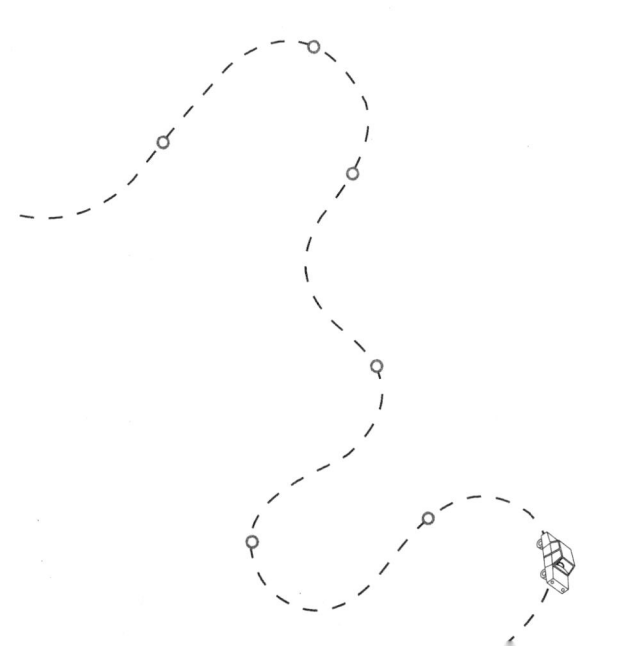

第七部分 当旅程结束时

方文杰
2—16

方文杰醒来的时候看了一下手机，已经是下午一点二十分，他睡了整整十四个小时。他看着酒店的房间，关了空调，打开了窗。窗外是个小区公园，公园不是很大，种植着各种各样的花。他用力地吸了一口空气，假装能闻到花香，能够感慨一下生命的美好。

电视还开着，是一个卖组合刀具的广告，两个主持人疯狂地叫卖着，价格已经从九百九十八降到了九十八一套，而限定的数量也在不断地往下减。

他在电视桌前面呆呆地站了十分钟，他在想要不要洗一个冷水澡，最终还是去洗了。洗完后，他用浴巾擦干身体，换上了衣服，把行李都收拾好。昨天他和刘德伟约好今天就出发，再次前往湛江，就像林振兴从成都到丽江又从丽江回成都一样，这才表示这场采访全部完成了。

收拾完一切，他敲了一下刘德伟房间的门，他已经收拾完毕，两个人先是相视一笑。

方文杰说："我们走吧。"

刘德伟说："走吧。"

两人下楼的时候，阿仁也跟在后面，像知道要回家一样，跑来跑去地摇着尾巴，有些亢奋。

刘德伟办好了退房手续，方文杰抱着阿仁，跟着他去停车场，对着阿仁说："我们回家。"

从长沙到湛江的路其实不短，开车的话要十个小时左右，但是因为这是他们返程的最后一段，他们倒不觉得时间太长。

刘德伟按下车内音响的播放按钮，车窗是开着的，音乐似乎溢到了车外。他把手伸向音量旋钮，把声音调小。

他再次踩下油门，任由从车窗吹进来的风轻抚着身体。

他们让音乐占领了车厢。过了许久，刘德伟才打破沉默。

刘德伟说："结束了呢。"

方文杰说："是啊，也很快，不是吗？"

刘德伟说："以后估计不会有这种机会了。"

方文杰说："再有一次估计我也不会来了呢，现在只想跟你把车开回去给郭忠仁爸妈，然后坐上飞机离开。"

刘德伟说："那你是回南京吗？"

方文杰摇摇头，对着挂在手机上的金猫看了一眼。

方文杰说:"去成都。"

刘德伟说:"你他妈的到时候别只顾着谈恋爱啊,还要记得稿子的事情。"

方文杰说:"记得啊,现在我已经整理了一些,除去他之前的那几座城市,我们所经过的几座城市,像成都和现在我们所在的长沙,倒也谈不上是多成功的采访,林振兴那边的你要帮我整理一下,他的事情听起来更有趣一些,我所采访的那条线倒无关紧要了,因为郭忠仁之前没有想过去采访夏天,对我们来说,那是错误的路程,但也好在错得美丽。"

刘德伟看着方文杰,方文杰看着挂在手机上的小金猫,觉得有些好笑,但又不敢笑出声来。

"恋爱中的人啊。"刘德伟感叹道。

方文杰冲着他笑了一下,然后打开了车窗,拿出烟点燃了一根,又把一根塞到刘德伟的嘴里,帮他点着了。

方文杰说:"我们也不知道郭忠仁是一个坏蛋,不是吗?如果我们事先知道他是一个传销头目,或者说他是一个对待感情不专一的人,那么我们就没有必要出发了,因为我们总不能明知道对方是坏蛋还去帮忙完成他没有达成的遗愿清单,不是吗?"

刘德伟先往窗外吐了一口烟,烟随着风一飘而散。他转过头来点了点头,但觉得有些不对,于是说:"你说的感情不专一是指哪方面呢?"

方文杰说:"在成都那场的夏天,她之前是他的小三呢,想想我就不爽，那么好的姑娘。"

刘德伟说："那你现在的女朋友就是她？"

方文杰把烟头丢到窗外，然后关上车窗。

"是啊。"方文杰说。

刘德伟说："那么，对你来说，你认为是你解救了她？"

方文杰说："倒也不是。"

刘德伟说："那你的意思是想在郭忠仁头上把'坏蛋'两个字加固一些？"

方文杰说："可这也不是我的错啊，这些都是实实在在的事，我也没添油加醋，对读者来说，他们更想要的就是一个真实的郭忠仁，这难道不是我们所来的目的吗？"

刘德伟说："我可不这么认为，首先，我们只是来帮他完成他尚未完成的采访清单而已，对我们来说，我们只是把他采访的一些人或者说最后是我们把被采访的人的故事写下来，他是天使也好，是魔鬼也罢，这对这本书来说没有任何意义。我们都只是旁观者，如果说他是天使还好，可以为这本书增加一些销量，把他的故事美化了更好，但是现在看来明显不是这样。"

方文杰说："但是对这场旅程来说，我们更重要的不是追寻他是一个怎样的人吗？对读者来说，他们应该更关心的是死去的郭忠仁在现实中是一个什么样的人，而不是我们这场所谓的采访所遇到的人的故事怎么样，那些都是陪衬而已。"

刘德伟说："我们现在所要写的不是他的传记，而是一次简单的采访合集，他的所作所为是怎样的，我们都不必加以评论，他已经死了，在棺材里等着腐烂，这已经够惨了。我们最终的意义是把他没有完成的目标完成，而且，对他来说，或许读者更想要的是一个早逝的才子、早逝的年轻作家的形象，而不是具象到他是一个什么样的人。"

方文杰说："你这样并不客观，我觉得你所站的角度只是担心，如果还原真实的他的话，他的书销量会受影响，而他的名气也会受到损伤，但是这对读者来说并不公平。"

刘德伟说："没有所谓的客观，你说的也许有道理，我的确担心他的名声受到损坏后他的书的销量会下降，但是什么是客观呢？一个纪录片导演就是客观的吗？他所拍摄的内容就一定客观吗？他也是以自己的主观进行一场他所谓的客观拍摄而已。没有所谓的真实、客观，就看你站在哪里思考。你现在等于为我们出版社工作，你应该站在我们出版社这边考虑才是客观的，而不是站在你或者你所谓的读者那边思考。"

刘德伟有些气急败坏，但他还是压住心中的怒火，想要好好沟通。

方文杰也是如此，但是想着反正旅程很快就会结束，他就还心平气和地跟刘德伟聊。他又打开车窗，看着两旁的白桦树，他再次拿出烟，点燃。

方文杰说："你说你是学新闻的，但是所谓的新闻不就是为了求真吗？"

刘德伟说:"所以这也是我最后没他妈的待在电视台、报社当记者的原因啊,我们都是一群受限者,受限于这个世界的各种规则。我知道你想要的是让郭忠仁就像待在一个白色的房间内,或者就像待在棺材里面,你所做的就是在里面安装一个摄像头,让读者通过那个摄像头的孔来围观他,了解他。但现在我们并不是做一个社会观察栏目,我们只是完成了他的遗愿清单,而在完成的过程中我们只是恰好了解了他是一个什么样的人,但是他是什么样的人又能怎么样呢?公布出来,让他的爸妈失望,让他的读者失望?"

刘德伟把车停了下来,努了努嘴,接着问:"那对于夏天呢?如果你要还原的话,是否也把她的事说出来?"

方文杰摇了摇头。

刘德伟说:"那这又怎么算是客观的呢?"

方文杰说:"我只是不想让她受到伤害。"

刘德伟说:"我们都只是在不停地做选择而已,不管是神圣的选择还是普通的。我们几乎每天都在不停地做不同的选择,比如,中午吃什么,应该去哪家理发店,跟谁在一起,我们都是选择最优的那个方案,哪怕吃到不好吃的馆子,哪怕理了一次很糟糕的发型,哪怕最终在一起的那个人是最讨厌的,那也是选择中的一种方案而已,而你只是选择了你想要的那一种,但是这也完全谈不上客观,也谈不上还原真实的郭忠仁。"

方文杰说:"但是对夏天来说,她完全不属于这场采访,她只是我们误打误撞遇到的而已。"

刘德伟说:"但你因此认为他是一个不专情的人,是个花花公子,如果没有她做佐证的话,你也无法判定这一点,所以她并不是一个局外人,而是你所做的选择的一个很重要的依据。"

方文杰说:"这他妈的真不关她的事。"

刘德伟说:"但你有没有想过,她其实只是一个到处寻找安全感的人,你只是一个安全感的来源,你口口声声说的爱,只不过是为寻找安全感而已,对郭忠仁也是如此。或者甚至你只不过是她的一种猎物而已。所以你无法判断这到底是不是事实。"

方文杰此时的怒火终于攻心,他一巴掌按了过去,把刘德伟按在了方向盘上。

方文杰说:"你他妈的才是一种猎物。"

刘德伟也一拳还击,像学到了李国祯的招数一样,用右勾拳击中了方文杰的脸。

方文杰的脸立马青了一块。

方文杰指着指刘德伟的脸,咬牙切齿地说:"你他妈的给我把车停下来。"

车由此停了下来。

方文杰推开车门,下了车,然后打开后车门,抱下了阿仁,又打开了后备厢,把行李箱扛了出来。

刘德伟也赶紧下车,连声抱歉。

方文杰一言不发,望着远方的风景,就像一个哨兵,生怕看漏了远方山峦的狼烟。刘德伟试图往他所看的方向看去，那里只有阳光照射下的白桦树林。

过了许久，方文杰才开口说："能不能把阿仁送给我？"

刘德伟说："对不起。"

方文杰没有说话，抱着阿仁，拖着行李箱走。

刘德伟开着车在后面紧跟着，方文杰说："你把车开回去给他爸妈吧。我自己走就行。"

刘德伟说："可是就剩最后一段路了，旅程就要结束了。"

方文杰说："总有一些路要自己走，旅程总有分开的时候，采访稿我也不写了，就此别过吧。"

刘德伟停下车，看着方文杰远去的背影，他也像林振兴一样搭了一辆车离开，在离开的时候，他好像还冲着刘德伟喊了句什么，刘德伟没有听清。

刘德伟对着后视镜看了一下自己，又看看远去的方文杰。

他小声地低喃道："再见了，朋友。"

番外

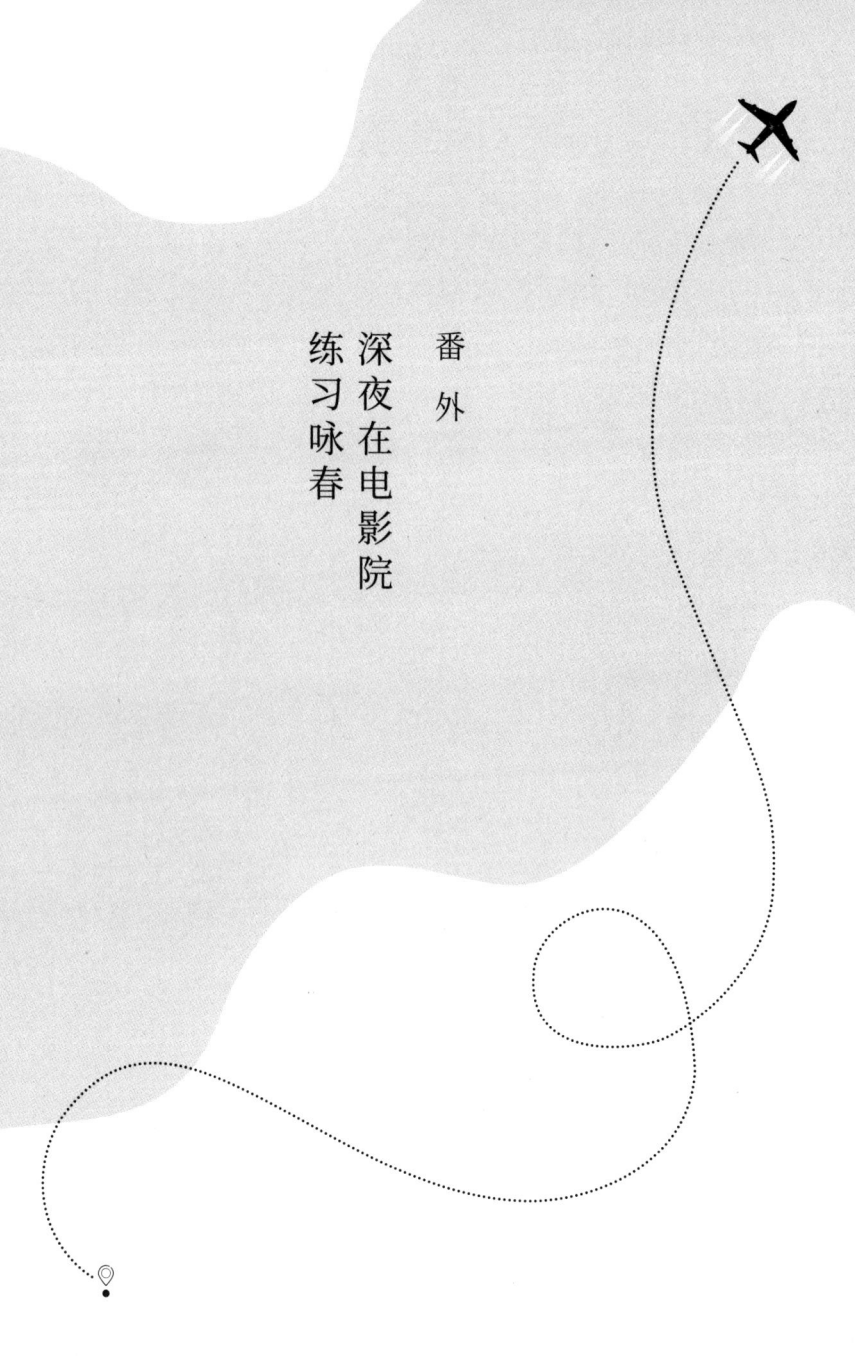

深夜在电影院练习咏春

午夜场的电影结束后，开始播放片尾字幕，谢冬杰拿着收纳箱站在出口收集3D眼镜。

"没有彩蛋吗？"一位观众问他。

他摇摇头。

等人群散去后，他关了放映厅的门，走进放映室，把还在播放片尾字幕的电影关了，换上《叶问》系列的第一部。有时候他也会换上第二部或者第三部，或者是王家卫拍的《一代宗师》。

不管怎么样，他播放的电影都跟咏春有关系。

每到深夜，他都要在电影院练习咏春，这也是他会选择在电影院当放映员的原因。

自从看了甄子丹所扮演的《叶问》，一个桥段就在他脑海里挥之不去。

"我要打十个。"甄子丹说。哦，不，是叶问说的。

从那时候起他就想练咏春，而且要在电影院里面跟着叶问练习——不管是甄子丹还是梁朝伟扮演的叶问，至于为什么要练习咏春，谢冬杰倒不是为了打群架，也不是为了强身健体，只是出于一个念头而已。

前几天他看到新闻里有人练拳，不过那人练习的是MMA，他叫李国祯，有两个人曾去采访过他。跟谢冬杰不同的是，李国祯的目的是赢，哪怕目前为止他已经输了四十六场，但他没有放弃——谢冬杰不同，他只是出于练咏春这个更纯粹的念头而已。

他认识那两个采访李国祯的人，在郭忠仁的葬礼见过他们，一个叫刘德伟，一个叫方文杰，据说他们一个是郭忠仁的编辑，一个是郭忠仁的朋友，还是一名小作家。

在郭忠仁去世前，或者说跟谢冬杰说要准备通过旅程采访完成一本故事集时，郭忠仁曾答应过谢冬杰，最后一站会返回湛江采访他。

谢冬杰以为参加完葬礼，此事就已经结束了，这个诺言也跟着郭忠仁永远地躺进了坟墓。但他发现事实并不是如此。

在和李国祯相关的新闻里，还有一个在丽江找回女儿的出租车司机，媒体对此事做了大量报道，宣传父爱的伟大。谢冬杰在这些新闻里看到了两个熟悉的名字——刘德伟和方文杰。据出租车司机李文豪介绍，他们当时的采访对于他自己寻回女儿起到了非常关键的作用。

也是在同一天，他在微博关注了一位最近爆红的小学音乐教师，而爆红的原因仅是因为在课堂里教小学生唱摇滚，他的同事录了视频，上传到了网上。这位音乐老师在微博里转发了一条关于他自己的采访，在采访中，他所感谢的人除了他未婚妻大洛以外，还提到了谢冬杰熟悉的两个名字——刘德伟和方文杰。

就连在狱中因为救火，避免了人员伤亡而获得减刑的传销头目董宝忠，在被当英雄接受采访时也提到了同样的两个名字——刘德伟和方文杰。

郭忠仁已经去世半年多了，因为这几则新闻，谢冬杰意识到，刘德伟和方文杰应该完成了郭忠仁的遗愿，也就是完成了他没有完成的采访。

可是采访名单中没有他——谢冬杰。他停下了练咏春，细想了前几天所看到的几则新闻。

谢冬杰并不知道，他没有被采访仅仅是因为他和郭忠仁是发小儿，两人的家离得并不是很远，郭忠仁对他太熟悉了，所以没有在地图上标注他的电话和名字。

可是，他还是想要一个答案。

至于为什么要这样的一个答案，或许跟他深夜在电影院练咏春一样，只是一个念头。

但是有念头就要去实践，这是他的为人原则。

谢冬杰先在网上查找方文杰和刘德伟的信息，最后只是找到了刘德伟的微博账号，给他发了私信，但一直没有收到回复。不过，刘德伟的简介里倒是写明了公司的名字。

谢冬杰从来没有去过北京，他想着是要去一趟了，不是为了出差，不是为了旅行，不为看故宫，不为爬长城——哪怕机票钱是自己大半个月的工资，他还是想去。

谢冬杰到达北京时是早上九点。一下飞机，他就搜索到了刘德伟公司的地址，打了一辆出租车直奔过去。

他迫切地想知道答案——为什么没有采访他。

到刘德伟的公司楼下，他对着大门口推拉门的反光整理了一下衣服，由于前一晚几乎彻夜无眠，他双眼通红。

在他准备进门时，保安拦住了他。

保安说："去哪儿的？"

谢冬杰说："8层。"

保安说："找谁？"

谢冬杰说："刘德伟。"

保安说："哦，那你登记一下，刚好这边有一个他的快递，你帮他拿上去。"

谢冬杰以最快的速度写了自己的名字、访问时间以及电话号码，然后拿着快递快速走进大厦，走进电梯，按了8层。

"你好，我找刘德伟。"谢冬杰冲着正在玩游戏的前台微笑地说了一句。

前台继续玩着游戏，连头都没有抬起，大喊了一句："阿伟，有人找。"

刘德伟看着眼前的陌生人，以为是哪个投稿而被拒绝的作者直接冲上门来要说法了，就把他带入会议室，然后取出一次性杯子，给他倒了一杯热水。

谢冬杰接过水，先是说声"谢谢"，然后把快递递给了刘德伟，说："楼下保安叫我给你带上来的。"

刘德伟随口回应一句："谢谢。"然后接过了快递。

刘德伟拿着快递晃了晃，说："介意我先出去拆开看看是什么吗？"

谢冬杰摇了摇头，说："不介意。"

刘德伟推开会议室的门，走到工位上，拿起剪刀拆开了快递。是一只泡沫袋，泡沫袋里装着一本书，书名叫《旅程结束时》，作者名字是方文杰。

他想起旅程结束时的那场争吵，本想把书丢进垃圾桶。但他还是忍不住，翻开了扉页，上面写着"献给刘德伟和一条叫阿仁的狗"。

他愣了一下，想起了半年前的旅程，笑了一下，把书插进了背后的书架，然后转身回到了会议室里。

"您找我有什么事吗？"刘德伟微笑着说。